„Alle Zeit, die nicht mit dem Herzen wahrgenommen wird, ist verlorene Zeit."

Michael Ende

Philipp Moritz Lührs

Philipps Geschichten von Träumen, Zaubereien und Büchern

mit Zeichnungen

von Ulrich Peter Ecker

Philipp Moritz Lührs
Philipps Geschichten
von Träumen, Zaubereien
und Büchern
Mit Zeichnungen von
Ulrich Peter Ecker
Geest-Verlag 2024

ISBN 978-3-86685-853-4

© 2024 Geest, Visbek
Verlag: Geest-Verlag
Marienburger Straße 10
49429 Visbek
www.Geest-Verlag.de
Tel. 04445-3895913

Druck: Geest-Verlag
Alle Rechte vorbehalten

Printed in Germany

Das Geschichtenverzeichnis

Der Wolkenfänger	7
Brüder aus Fels und Erz	23
Sartur Sim Salamander	43
Die Traumfresser	59
Die Geschichte mit der fliegenden Windmühle	89
Die Propellerdüsenballonlikopterflugmaschine	113

Der Wolkenfänger

1
Leinen los!

Alois Aberwitz studierte die Wetterkarte. „Wolken!", schnaubte er. „Aber nicht mehr lange."

Alois Aberwitz war Erfinder und Luftschiffkapitän. Er hatte eine Maschine erfunden, mit der er Wolken einfangen konnte, und das tat er nun schon seit eineinhalb Jahren. Er hatte die Maschine am Bug seines selbst gebauten Luftschiffs eingebaut und immer wenn ihm das Wetter zu schlecht war, ließ er sein Luftschiff, den Sturmvogel, aufsteigen, flog den Wolken entgegen und saugte sie ein, bis nichts als blauer Himmel übrig war.

Doch je mehr Wolken er einfing, desto mehr Wolken schienen zu entstehen. Und sie kamen immer häufiger aus Sonora, dem nördlichen Bundesstaat Mexikos, der eigentlich eine Wüste war. Doch wie konnten dort Wolken entstehen?

„Das geht nicht mit rechten Dingen zu", murmelte Aberwitz und dachte über eine Theorie nach, die ihm gestern in der Badewanne gekommen war. Hätte er nicht so angestrengt nachgedacht, dann hätte er vielleicht die Geräusche an Bord seines

Luftschiffs gehört. „Tapp, tapp, tapp. Raschel." Nichts davon hörte der Kapitän, denn gerade jetzt formte sich ein Gedanke in seinem Kopf, der alles erklärte: Er musste einen Widersacher haben. Es musste jemanden in Sonora geben, der ständig neue Wolken machte.

Wie er das tat? Das musste Kapitän Aberwitz herausfinden. Er würde sein Luftschiff aufsteigen lassen und Kurs auf Sonora nehmen. Er würde dem Wolkenmacher das Handwerk legen. Er würde ihn der Polizei übergeben und die würde ihn wegen groben Unfugs einsperren.

Er kramte Karten, Kompass und Sextant heraus und berechnete den Kurs nach Sonora. Davon bekam er Kopfschmerzen. Er bekam vom Rechnen immer Kopfschmerzen.

Als er fertig war, trat er hinaus aufs Deck und kappte die Leinen, die das Luftschiff hielten. Der Sturmvogel stieg auf. In achtzig Metern Höhe erwischte er guten Wind, der ihn nach Westen tragen würde, über den Atlantik nach Sonora. Unterwegs würde er noch ein paar Wolken einfangen.

Die Wolkenfangmaschine war eine umgebaute Dampfmaschine, denn so wie eine Dampfmaschine aus Wasser Wasserdampf erzeugte, machte seine Maschine aus dem Wasserdampf der Wolken einfach wieder Wasser. Vorne besaß die

Maschine ein großes, gebogenes, ausladendes Rohr, was ihr das Aussehen eines riesigen Grammofons verlieh. Das war notwendig, um die Wolken anzusaugen. Das alles war das Ergebnis langer Experimente.

Kapitän Aberwitz hätte an Bord seines Luftschiffs gerne ein paar Befehle gebrüllt, dann hätte er sich noch mehr als Kapitän gefühlt, aber leider bestand die Besatzung des Luftschiffs nur aus ihm selbst. Zumindest glaubte er das. Er sah allerdings nicht, dass sich eines der Heringsfässer hinter ihm bewegte.

Weit unter ihm floss der Rhein. Dann musste der Sturmvogel an Höhe gewinnen, um die Eifel zu überfliegen. Aberwitz warf ein paar Säcke Ballast ab. Das Helium in dem länglichen, spitz zulaufenden Ballon über dem Schiff zog den Sturmvogel weiter nach oben. Morgen um diese Zeit würde er über die Biskaya fliegen.

Der Kapitän rauchte am Heck ein Pfeifchen. Dann war es Zeit fürs Abendessen, und er stieg in die Kombüse hinunter. Er machte sich Hasenrücken mit Rosenkohl, Spätzle und Preiselbeeren. An Deck knurrte in einem der Heringsfässer ein Magen. Aber das konnte der Kapitän nicht hören. Er trug sein Essen hinüber in die Offiziersmesse, zündete ein paar Kerzen an, aß und freute sich des Lebens.

2

Von der Biskaya zum Golf von Mexiko

Am zweiten Tag der Reise erreichte der Sturmvogel die Biskaya. Dort tobte sich ein gewaltiges Tiefdruckgebiet aus. Es war ein stürmischer Wirbel von grauen Wolken. Kapitän Aberwitz schaltete die Wolkenfangmaschine ein und flog direkt in das wirbelnde Grau hinein. Der Sturmvogel wurde von den kreiselnden Winden mitgerissen, wurde immer schneller, während er auf das Zentrum des Sturms zuflog. Dann war es plötzlich ganz windstill. Er hatte das Auge des Sturms erreicht. Nach dem tosenden Brausen war es plötzlich ganz leise, fast unheimlich.

Da stand eines der Heringsfässer auf. Es lief zwei Schritte auf kurzen Beinen und dann kam unten ein kleiner, dünner Junge heraus.

„Ein blinder Passagier!", rief Kapitän Aberwitz.

„Entschuldigung", sagte der Junge. „Ich wollte Sie nicht erschrecken. Ich wollte nur unbedingt mal mit einem Luftschiff fliegen, da bin ich gestern an Bord geklettert."

„Ach was." Alois Aberwitz war sprachlos. „Und jetzt?", fragte er den Jungen.

„Ich kann dich doch hier nicht absetzen. Wir sind über dem Atlantik."

„Sie sollen mich auch nicht absetzen. Ich möchte mitfliegen. Ich heiße Erik. Ich bin schon in der zweiten Klasse."

„Mitfliegen? Das geht nicht."

„Ich helfe Ihnen auch."

„Helfen?" Kapitän Aberwitz hatte sich immer eine Mannschaft für sein Luftschiff gewünscht, denn was ist ein Kapitän ohne Mannschaft? „Was kannst du denn? Kannst du das Deck schrubben?"

„Nein, davon kriege ich Rücken."

„Kannst du Kartoffeln schälen?"

„Nein, dazu bin ich zu ungeschickt. Da schneide ich mich nur."

„Kannst du denn irgendetwas?"

Der Junge überlegte. „Ich kann gut rechnen."

„Pah!", sagte Aberwitz „Rechnen wird überschätzt."

„Oh nein, mit Zahlen kann man wundervolle Sachen machen."

„Wie viel ist dreizehn mal elf?"

„Hundertdreiundvierzig."

Aberwitz rechnete nach. „Stimmt", sagte er missmutig. „Na gut. Du kannst mir helfen, den Kurs zu berechnen."

„Toll!", sagte Erik. „Wohin fliegen wir denn eigentlich?"

„Nach Sonora. Das ist in Mexiko."

„Cool. Ich war noch nie in Mexiko."

Dann gingen der alte Kapitän und der kleine Junge in die Kajüte und Erik rechnete den weiteren Kurs aus: „Süd-West."

„Willst du was essen?", fragte Aberwitz nach einer Weile.

„Oh ja. Gestern hat es so gut aus der Kombüse gerochen. Das hätte ich gerne."

Aberwitz machte noch einmal Hasenrücken mit Rosenkohl, Spätzle und Preiselbeeren. Der Junge stand ihm so gut er konnte im Weg, und sie sprachen über das Leben.

„Wenn ich groß bin, will ich Astronaut werden", sagte Erik.

„Ich wollte immer Erfinder werden", erklärte Aberwitz. „Deshalb wollte ich Physik studieren, aber das hat nicht geklappt, weil ich wegen Mathe zwei Mal durchs Abitur gefallen bin. Aber ich habe an meinem Traum festgehalten und bin trotzdem Erfinder geworden. Ohne Physik. Eigentlich stört die Physik beim Erfinden nur."

Als sie aus dem Tiefdruckgebiet herausflogen, wurde das Luftschiff wieder schneller. Es wurde in immer größeren Kreisen herumgewirbelt, bis sie schließlich heraus waren und die Sonne wiedersahen. Nun flogen sie durch ein warmes Azorenhoch. Unter ihnen glitzerte der Atlantik. In der Nacht schliefen beide gut und träumten von Mexiko.

Der Passat trieb das Luftschiff sanft nach Süd-Westen. Nach weiteren zwei Tagen hatten sie den Golf von Mexiko erreicht.

Das Wasser war türkis, der Himmel blau. Unter ihnen lagen paradiesische Inseln.

„Hier müssen wir uns vor Hurricanes in Acht nehmen", sagte Aberwitz. „Sie sind teuflisch schnell, ihre Gewitterwolken sind zu viel für die Wolkenfangmaschine und ihre Blitze sind gefährlich für den Ballon. Ein Hurricane zerstört alles, was ihm in die Quere kommt."

„Ich glaube, da kommt schon einer", sagte Erik und zeigte nach Achtern.

„Wir müssen ihm entkommen", rief der Kapitän und warf den Heckpropeller an, um mehr Geschwindigkeit zu machen.

Von hinten näherte sich die Wolkenfront. Sie war turmhoch, schwarz und drehte sich rasend schnell um sich selbst. Der Hurricane war oben sehr breit und lief nach unten spitz zu. Der Sturmvogel flog schnurgerade nach Westen, doch von hinten kam der Hurricane immer näher.

„Wenn wir Land erreichen, haben wir es geschafft", erklärte Aberwitz. „Über Land verlieren Hurricanes ihre Kraft."

Erik sah nach unten. Er konnte den Strand von Mexiko schon sehen, als es am Heck einen lauten Knall gab.

„Der Heckantrieb ist hinüber", rief Aberwitz. „Wir verlieren Geschwindigkeit."

Nun holte der Hurricane auf. Schon bald streiften die ersten Sturmböen das Heck des Luftschiffs und schüttelten es heftig. Das Schiff wackelte. Doch nun war unter ihnen der Strand. Sie hatten es geschafft. Der Hurricane wurde langsamer. Sie waren entkommen.

3
Sonora

In Sonora lebte Yaqi. Er war seit vierzig Jahren der Regenmacher seines Indianerstammes. Ein Regenmacher war in Sonora sehr wichtig für einen Stamm, denn Sonora war eine Wüste.

Doch Yaqi war die ganzen Jahre ein Scharlatan gewesen. Er hatte seine Regentänze vollführt, aber keine einzige Wolke angelockt. Er hatte immer Sorge, dass die anderen Indianer merkten, dass er keinen Regen machen konnte. Deshalb hatte er schließlich nur noch getanzt, wenn schon dunkle Wolken am Himmel standen und es sowieso gleich regnete.

Aber vor vier Monaten, an seinem sechsundsechzigsten Geburtstag, hatte Yaqi seine magischen Kräfte entdeckt. Jetzt war alles anders. Wenn er tanzte, entstanden Wolken aus dem Nichts. Zuerst waren sie klein und weiß, dann türmten sich immer höhere Wolkenberge auf, wurden grau und dunkel und schließlich regnete es in Strömen.

Am liebsten mochte Yaqi den Regenbogen, der immer kam, wenn es aufgehört hatte zu regnen. Aber nicht immer regnete es über Sonora. Manchmal wurden Yaqis Wolken vom Wind weggetragen und flogen weit über den Himmel, irgendwohin in ferne Länder. Yaqi hatte immer geglaubt, dass die Leute anderswo sich freuen, wenn seine Wolken zu ihnen kamen, denn Yaqi kannte nur die Wüste von Sonora und in der Wüste freut man sich immer über Regen.

4

Die Freiheit der Wolken

Heute saß Yaqi auf der Bank vor seinem Haus. Es stand unter einem Felsvorsprung. Deshalb brauchte es auch kein Dach, denn über dem Haus war ja der Fels. Yaqi rauchte eine Indianerpfeife und ließ seinen Blick über die Kakteen streifen. Sie sahen krank aus, aber Yaqi wusste nicht, was sie hatten.

Da sah er in der Ferne einen kleinen Punkt, der immer größer wurde. Was mochte das sein? Nach ein paar Minuten war der Punkt so nahe, dass man etwas erkennen konnte. Es sah aus wie ein Schiff, das an einem länglichen Ballon hing. Das Schiff flog nun tiefer. Nun konnte Yaqi Menschen auf dem Schiff erkennen, einen alten Mann und einen kleinen dünnen Jungen. In etwa vierhundert Metern Entfernung setzte das Luftschiff auf dem Boden auf.

„Gelandet", sagte Aberwitz zufrieden. „Jetzt sind wir in Sonora. Irgendwo hier muss es jemanden geben, der immer neue Wolken macht. Den schnapp ich mir und dann bring ich ihn zur Polizei."

„Darf ich mitkommen?", fragte Erik.

„Nein, das wird zu gefährlich."

Kapitän Aberwitz ging in seine Kajüte und holte ein altes Gewehr. Jetzt bekam Erik Angst. Was hatte Aberwitz mit dem Gewehr vor? Am Ende würde er den Wolkenmacher noch erschießen!

„Da drüben unter dem Felsvorsprung ist ein Haus. Dort werde ich fragen, wo der Schurke steckt. Bleib du hier", sagte Aberwitz.

Dann warf er eine Strickleiter über die Reling des Luftschiffs und kletterte hinunter. Erik dachte nach. Sollte er wirklich auf dem Schiff bleiben und warten, bis Aberwitz zurückkam und das ganze Abenteuer vorbei war? Würde Aberwitz vielleicht sogar etwas Schlimmes mit dem Gewehr anstellen? Was würde Aberwitz machen, wenn er bemerkte, dass Erik nicht auf dem Schiff geblieben war? Würde er ihn dann hier zurücklassen? In der Wüste?

Nein, das würde nicht passieren. Erik beschloss etwas zu riskieren. Er wartete, bis Aberwitz vierzig Schritte weit weg war, und dann kletterte auch er die Strickleiter herunter. Er versuchte, so lautlos wie möglich hinter Aberwitz herzuschleichen. Vor dem Haus unter dem Felsvorsprung gab es einige kleinere Felsen, dort würde er sich verstecken und abwarten, was passierte.

Yaqi saß noch immer auf der Bank vor seinem Haus und sah über seine Indianerpfeife hinweg einen Mann in Kapitänsuniform mit einem Gewehr auf ihn zukommen. Einige Schritte dahinter lief ihm ein Junge nach. Was das wohl zu bedeuten hatte?

„Guten Morgen", sagte Yaqi freundlich, als der Mann sich näherte.

„Guten Morgen. Ich bin Kapitän Aberwitz und ich bin hier, um einen Schurken zu fassen, der hier in Sonora Wolken macht. Können Sie mir sagen, wo ich den finde?"

„Oh, Sie meinen den Regenmacher! Das bin ich selbst und höchstpersönlich. Ich bin der mit Abstand beste Regenmacher in ganz Mexiko. Die anderen sind alle Scharlatane."

„Sie sind das?", brüllte Aberwitz.

Erik hatte inzwischen einen der Felsen erreicht und versteckte sich dahinter. „Wenn das so ist, also wenn Sie das sind, dann muss ich Sie der Polizei übergeben. Sie versauen das ganze Wetter und ich muss Ihre Wolken dann einfangen!"

„Was fällt Ihnen ein, meine Wolken einzufangen? Wozu mache ich denn die ganzen Regentänze? Denken Sie, ich mache die zum Spaß?"

„Sie sollen ja keine machen. Sie sollen den Unfug lassen. Entweder es ist richtig, Wolken zu machen, oder es ist richtig, Wolken einzufangen. Dazwischen gibt es nichts! Und Sie sind im Unrecht!"

Erik saß versteckt hinter dem Felsen und dachte nach. Dann fiel ihm etwas ein, was ihn schon eine Weile beschäftigt hatte. Er kam aus seinem Versteck und rief: „Es gibt eine Lösung!"

Yaqi und der Kapitän drehten sich zu ihm um.
„Menschen sollten die Wolken in Ruhe lassen. Sie sollten keine Wolken machen und auch keine einfangen."
„Und warum nicht?", fragten Yaqi und Aberwitz wie aus einem Mund.
„Wolken sollten frei sein. Die Kakteen hier sterben, wenn sie zu viel Regen bekommen, sie vertragen das nicht. Und die Bäume in Deutschland sterben, wenn sie zu wenig Regen bekommen. Ihr beide bringt das Wetter ganz durcheinander. Ihr solltet beide mit dem Unfug aufhören."

Der Regenmacher und der Wolkenfänger sahen sich an. Dann sagte Yaqi: „Aber es macht solchen Spaß. Vierzig Jahre lang habe ich versucht, Regen zu machen, und es hat nicht geklappt. Und jetzt, wo ich es endlich kann, soll ich damit aufhören, nur weil ein kleiner Junge das sagt?"

„Aber der Junge hat recht", sagte Kapitän Aberwitz. „Wir sollten die Wolken der Natur überlassen. Ich werde keine Wolken mehr einfangen, wenn Sie aufhören, welche zu machen."

Yaqi überlegte. „Gibt es denn wirklich Länder, wo es so viel regnet, dass sich nicht jeder über Wolken freut?"

„Oh ja!", riefen Erik und Aberwitz zusammen.

Und Aberwitz fügte hinzu: „Kommen Sie, ich nehme Sie auf meinem Luftschiff mit und wir fliegen nach Deutschland. Da können Sie sich ganz ohne Regentänze nach Herzenslust nass regnen lassen."

„Einverstanden", sagte der Regenmacher und sie gingen alle drei zum Luftschiff.

Und wenn nicht andere am Wetter gedreht haben, regnet es in Deutschland noch heute.

Brüder aus Fels und Erz

1
Etwas Seltsames passiert im Zwergenland

Die Höhle wurde in glühend rotes Licht getaucht, als der Gießmeister den Ofen öffnete. Geschmolzenes Gestein und Erz flossen durch eine Rinne in die Gussform. Höllische Hitze, gespenstisches Licht, das Zischen des Materials – die Entstehung eines neuen Zwerges war immer ein magischer Moment. Der Gießmeister hatte in seinem Leben schon viele Zwerge geschaffen, und dennoch spürte er jedes Mal diese gespannte Erwartung, die Aufregung, die Ungewissheit. Trotz seiner zweihundertfünfzigjährigen Erfahrung als Gießmeister war das Ergebnis für Lun unbeherrschbar. Denn der Gießmeister hatte ein brisantes Geheimnis. Es war das größte Geheimnis im Zwergenreich. Niemand durfte es jemals erfahren, sonst drohte der Untergang der Zwergengemeinschaft.

Mittanaghd verließ seine Wohnhöhle im älteren Teil des unterirdischen Zwergenreiches für seine tägliche Expedition. Er hatte einen Pickel, ein Hämmerchen und mehrere Beutel für Gesteinsproben und Fossilien dabei. Wie jeden Morgen machte er sich auf, um die Gesteinsformationen und Fossilien im Stollensystem zu erforschen. So konnte er den Verlauf der

Erzadern im Berg berechnen. Eisenerz brauchten die Zwerge, um in Verbindung mit geschmolzenem Gestein neue Zwerge zu erschaffen, Gold- und Silberadern bauten sie ab, weil das nun mal der Lebensinhalt von Zwergen ist. Manchmal bat der Gießmeister Mittanaghd auch um kleine Proben außergewöhnlicher Stoffe wie Palladium, Bauxit oder seltene Erden.

Mittanaghd war der Geologe der Zwergengemeinschaft. Er war erst achtzig Jahre alt, aber schon ein Meister seines Fachs, und er hatte darüber hinaus ein Faible für Fossilien entwickelt, das über sein professionelles Interesse hinausging und das er sich selbst nicht erklären konnte. Es machte ihn einfach glücklich, wenn er seine Sammlung von versteinerten Ammoniten, Trilobiten und Skelettabdrücken längst ausgestorbener Fischarten betrachtete.

Er hatte buschiges schwarzes Haar und einen noch recht kurzen Bart, aus dem die Haare abstanden wie dunkle Drähte. Unter seinen wilden schwarzen Augenbrauen blickten himmelblaue Augen neugierig in die Welt. Mittanaghd setzte sich in eine Lore der Zwergenbahn und fuhr los.

Selbst fahrende Loren waren vor dreihundert Jahren erfunden worden. Er fuhr durch den Hauptstollen, der den älteren Teil des Bergwerks mit dem jüngeren verband. Dabei grüßte er zwei Gleisarbeiter, die die viel beanspruchten Schienen warteten, und sie grüßten fröhlich zurück. Auch sie freuten sich auf einen Tag voller ehrlicher Arbeit zum Wohle aller Zwerge. Dann passierte er die Brauhöhle, in der Björkling, der alte Braumeister, die Kessel prüfte, um für das allabendliche Gelage in der Festgrotte alle mit dem dunklen starken Zwergenbier zu versorgen. Mittanaghds Lore sauste immer tiefer in den Berg hinein, durch einen aktiven Stollen, in dem eine Goldader abgebaut wurde. Die Bergleute arbeiteten Hand in Hand. Über den variantenreichen Rhythmus des Klopfens der Pickel auf Gestein sangen die Bergleute eines der zahllosen Zwergenlieder, in dem es hieß:

> Zwerge, holt euch, was ihr wollt,
> Eisen, Kupfer, Silber, Gold.
> Was macht ihr nach der Arbeit hier?
> Wir singen und wir trinken Bier!

Es war diese unerschütterliche Gemeinschaft der Zwerge, diese innige Verbindung zwischen ihnen, die Mittanaghd faszinierte. Sie waren unzertrennlich, denn sie alle waren aus demselben Erz, demselben Stein geboren. Doch während er darüber nachdachte, wie eng die Gemeinschaft der Zwerge war, spürte Mittanaghd wieder dieses seltsame Gefühl, das ihn manchmal überkam. Ein Gefühl der Fremdheit, der Getrenntheit von den anderen Zwergen.

Nach einer zehnminütigen rasanten Fahrt mit der Lore hatte Mittanaghd sein Ziel erreicht – einen Stollen mit einer erschöpften Silberader. Hier wollte er heute forschen.

In den folgenden vierzig Stunden Arbeit (ein Zwergentag hat hundert Stunden, da er ja unabhängig vom Lauf der Sonne ist) fand Mittanaghd kein Erz, doch er freute sich sehr über einen versteinerten Trilobiten, den er seiner Sammlung hinzufügen konnte. Die Glocken im Tunnelsystem läuteten zum Feierabend und alle Loren fuhren zur Festgrotte für das allabendliche Gelage der Zwerge.

Die hundert Zwerge, die im Tunnelsystem des Goldberges lebten, nahmen an den langen Tischen Platz, schenkten sich vom guten Zwergenbier ein und prosteten sich zu.

Schnell waren alle in Gespräche über neue Goldfunde oder lustige Missgeschicke bei der Arbeit vertieft. Skjell, der junge Gehilfe des Braumeisters Björkling, lachte immer, wenn er jemandem zuprostete, trank heute aber nichts. Bevor die Musiker mit ihren Sackpfeifen, Fiedeln und Trommeln loslegen konnten, erhob sich der Zwergenkönig und rief: „Einen Moment Ruhe bitte! Heute ist in unseren Stollen etwas Seltsames passiert. Eine Lore mit Goldschmiedearbeiten wurde in der

Schmiede abgeschickt, doch sie ist in der Schatzkammer nicht angekommen."

„Was?", riefen fast hundert raue Zwergenkehlen. Dann redeten alle Zwerge durcheinander. „Wie kann das sein?"

„Wie kann in unserem Tunnelsystem etwas verschwinden?"

„So etwas ist noch nie passiert!"

In das Durcheinander hinein rief ein alter Gleisarbeiterzwerg: „Einer von uns fehlt!"

Alle sahen ihn an.

„Wo ist Erling?", fragte der Gleisarbeiter in die Runde.

„Ja, er ist nicht da!", riefen nun einige.

Da ist sie wieder, diese fast unheimliche Bindung der Zwerge untereinander, die es einem Zwerg ermöglicht, unter Hunderten ähnlich aussehenden Brüdern den einen Fehlenden zu bemerken, dachte Mittanaghd.

Zwei Zwerge standen auf und riefen: „Wir sehen mal nach!" Sie verschwanden und kehrten gut zwanzig Minuten später zurück. Sie stützten Erling, der eine dicke Beule am Kopf hatte. Der erst vierzigjährige Zwerg trug eine große Verantwortung, denn er arbeitete im Stellwerk der Grubenbahn.

„Ein Überfall!", stieß er hervor.

Atemlose Stille breitete sich in der Festgrotte aus. So etwas hatte es in den vierhundert Jahren, seit das Bergwerk im Goldberg existierte, noch nicht gegeben.

„Wachen! Ist es möglich, dass ein Eindringling in unser Tunnelsystem eingedrungen ist?", fragte der Zwergenkönig.
„Unmöglich!", riefen die Wachzwerge, die den Eingang zum Bergwerk bewachten.
Das Gesicht des Zwergenkönigs sah mit einem Mal viel älter aus, als es seine dreihundert Jahre erwarten ließen. „Das bedeutet, der Angreifer muss ein Zwerg gewesen sein. Einer von uns. Mitzwerge, dies ist die dunkelste Stunde unserer Geschichte. Das Böse ist in unsere Welt eingedrungen. Ein Zwerg hat die Hand gegen einen anderen Zwerg erhoben. Wir müssen den Angreifer finden – um jeden Preis."

Mittanaghd schauderte. Er blickte sich um. Fassungslosigkeit, Ratlosigkeit und Unglauben waren in den bärtigen Gesichtern zu lesen.

Dann sagte der Zwergenkönig: „Mittanaghd und Björkling, seid ihr beiden bereit, der Sache auf den Grund zu gehen und den Täter zu finden?"
„Jawohl, mein König!", dröhnte Björklings Stimme.

Da blieb auch Mittanaghd nichts anderes übrig, als zu sagen: „Ich bin bereit."

Björkling und Mittanaghd setzten sich ans leere Ende eines nur halb besetzten Tisches und steckten die Köpfe zusammen. Anders als Mittanaghd hatte Björkling ein typisches Zwergenherz, war bei allen beliebt und kam sofort mit jedem ins Gespräch. Mittanaghd dagegen hatte sich durch seine geologischen Forschungen eine analytische Denkweise angeeignet. Er vermutete, dass es diese Kombination von Eigenschaften war, wegen der der König sie beide zusammengebracht hatte, um die schockierenden Ereignisse aufzuklären.

„Hol mich doch der Feuerdrache!", polterte Björkling los. „Vierhundert Jahre lang passiert nichts und dann gibt es zwei Verbrechen an einem Tag! Eine Lore wird gestohlen und ein Zwerg wird angegriffen. Früher hat es so was nicht gegeben!"
Nach dieser scharfsinnigen Analyse berieten Mittanaghd und Björkling ihr Vorgehen.
Die beiden Zwerge, die Erling gefunden hatten, hatten ihn auf ein Bärenfell in eine ruhige Ecke der Festgrotte gelegt. Einer von ihnen brachte ihm gerade ein Bier.
„Wo habt ihr ihn gefunden?", fragte Mittanaghd.
„Im Stellwerk. Er lag neben seinem Stuhl.

„Erling", begann Björkling, „wann genau war der Überfall?"

„Ich weiß nicht genau. So ungefähr um neunundsechzig Uhr dreißig. Eine halbe Stunde vor Feierabend."

„Konntest du den Angreifer sehen?", wollte Mittanaghd wissen.

„Nein, er muss von hinten gekommen sein und mir irgendetwas auf den Kopf gehauen haben. Danach kann ich mich an nichts mehr erinnern."

Als Nächstes befragten sie die beiden Zwerge, die in der Schatzkammer die Loren entluden. Sie waren um die hundertfünfzig Jahre alt, hatten rotblonde Haare und Bärte und glichen sich wie ein Ei dem anderen.

„Wann sollte die Lore, die verschwunden ist, denn bei euch ankommen?"

„Um neunundsechzig Uhr vierzig. Es war die Tagesproduktion der Goldschmiede."

„Interessant", sagte Mittanaghd. Dann wandte er sich an Björkling. „Ich glaube, beide Verbrechen hängen zusammen", erklärte er. „Eine Lore voller Gold zu stehlen, ist ziemlich schwierig, es sei denn, die Lore fährt von selbst dahin, wo der Dieb sie hinhaben will."

„Das stimmt! Deshalb der Angriff auf den Kollegen im Stellwerk."

„Genau", sagte Mittanaghd. „Der Überfall hatte etwas damit zu tun, wie die Weichen gestellt werden mussten, um die Lore mit dem Gold zu stehlen."

Also wendeten sich Mittanaghd und Björkling noch einmal an Erling. „Wo finden wir einen Plan der Gleisanlagen?", fragte Mittanaghd.
„Auf dem großen Stehpult im Stellwerk. Nicht zu übersehen."
„Danke, Erling, du hast uns sehr geholfen", sagte Björkling.
„Lass uns zum Stellwerk gehen", schlug Mittanaghd vor.
„Aber wenn wir dem Angreifer begegnen, kann es gefährlich werden", meinte Björkling. „Wir sollten uns bewaffnen."

So machten sich Mittanaghd und Björkling zunächst auf den Weg zur Waffenkammer. Sie mussten zu Fuß gehen, denn das Stellwerk war ja nicht mehr besetzt, und so wäre man mit einer Lore niemals dort angekommen, wo man hinwollte.

In der Waffenkammer zogen sich die beiden Kettenhemden und geflügelte Helme an. Sie bewaffneten sich jeder mit einer Doppelaxt und einer Armbrust. Dann machten sie sich auf den beschwerlichen Weg zum Stellwerk.

Sie betraten eine gut mit Fackeln beleuchtete Höhle. In der Mitte stand ein Stehpult, auf dem ein Plan der Gleisanlagen lag. An der Stirnseite gab es rund vierzig brusthohe hölzerne Hebel. Mittanaghd und Björkling beugten sich über den Plan.

„Wir müssen den Gleisen von der Goldschmiede Richtung Schatzkammer folgen", erklärte Mittanaghd.
„Wo kann man auf dieser Strecke eine Lore umleiten?" Sein Zeigefinger folgte den rot gezeichneten Schienen.
„Sieh mal da!", rief Björkling. „Da ist ein Schienenstrang, der in einen alten stillgelegten Stollen führt."
„Da könnte man eine gestohlene Lore verstecken", murmelte Mittanaghd.
„Dann lass uns dort hingehen", schlug Björkling vor.

Sie marschierten entlang der Gleise durch gut beleuchtete Tunnel in den älteren Teil des Bergwerks.
„Dies hier muss die entscheidende Weiche sein!", rief Mittanaghd.
Neben dem Gleis, das in einen dunklen Gang führte, lag ein Schild mit der Aufschrift „Gesperrt!!".
„Das ist der alte Stollen. Also dann", knurrte Björkling.

Die beiden tapferen Zwerge griffen sich Fackeln aus den Halterungen in dem gut beleuchteten Tunnel und wagten sich in den stillgelegten Schacht vor. Außer den kleinen Lichtkreisen ihrer Fackeln war nichts zu sehen. Ihre Schritte hallten, Grubenwasser tropfte monoton von der Decke. Hin und wieder hörten sie das Getrappel kleiner Füße von unbekannten Tieren im Dunkeln des Stollens.

Nach gut dreihundert Metern hatten sie das Ende des Stollens erreicht. Und tatsächlich: Im Schein ihrer Fackeln zeichnete sich der Schatten einer Lore ab und darin funkelten Goldpokale, goldene Teller und Armreifen.

„Na bitte", sagte Mittanaghd. „Die Beute haben wir. Ich schlage vor, wir löschen unsere Fackeln und lauern dem Dieb hier auf."

„Morgen ist Badetag, da sind alle Zwerge in der Schatzkammer", bemerkte Björkling. (Zwerge baden natürlich nicht in Wasser, sondern im Gold ihrer Schatzkammer. Wasser würde ihre Schmutzschicht aus Schweiß und Staub gefährden.)

Mittanaghd und Björkling warteten im Dunkeln. Dreißig Stunden später war das Gelage in der Festgrotte zu Ende und die Zwerge legten sich für die nächsten dreißig Stunden schlafen. Mittanaghd und Björkling schliefen abwechselnd.

Dann begann der Badetag. Björkling weckte Mittanaghd.

„Nun wird es spannend", sagte er.

Und in der Tat! Wenig später näherte sich vom Eingang des Stollens das Licht einer Fackel und dumpfe schwere Zwergenschritte hallten durch den alten Schacht. Als der Zwerg die Lore erreicht hatte, legte er die Fackel ab, stieg in die Lore voller Gold und seufzte zufrieden. „Alles meins. Ganz allein meins."

Da sprangen Mittanaghd und Björkling mit gespannten Armbrüsten auf und riefen: „Hände hoch!"

Der Dieb gab einen erschrockenen Laut von sich. Mittanaghd ergriff die am Boden liegende Fackel und leuchtete dem Dieb damit ins Gesicht. Er trug einen Kopfverband. Dann erkannte Mittanaghd ihn.

„Erling! Du?", entfuhr es Björkling.

„Du hast die Lore gestohlen? Aber was ist mit deiner Verletzung?", wollte Mittanaghd wissen.

„Ich habe meinen Kopf gegen das Stehpult gestoßen, damit ich eine Beule bekam. Dann habe ich die Weiche umgestellt, um die Lore zu entführen", gestand der junge Zwerg.

„Aber warum bestiehlst du unsere Gemeinschaft?", fragte Björkling scharf.

„Ich wollte so gerne einmal etwas für mich allein haben. Etwas, das mir ganz allein gehört."

„Komm mit zur Festgrotte. Dort klären wir die Sache auf, sobald die anderen vom Baden zurückkommen", sagte Björkling empört.

Am späten Nachmittag versammelten sich die frisch gebadeten Zwerge in der Festgrotte, wo Mittanaghd, Björkling und Erling auf sie warteten. Als alle versammelt waren, ergriff Mittanaghd das Wort und sagte: „Wir haben den Diebstahl der Lore und den Überfall auf Erling aufgeklärt. Erling hat euch etwas zu sagen."

Erling wiederholte unter Tränen sein Geständnis. Er erzählte auch, warum er das getan hatte.
„Das ist ja unglaublich!", riefen einige Zwerge.
„Er hat unsere Gemeinschaft bestohlen!"
„Er muss das Zwergenreich verlassen!", forderten einige.
Da stand Skjell, der junge Gehilfe des Braumeisters, zögerlich auf und sagte: „Dann müsst ihr mich auch rausschmeißen. Ich gebe zu, ich habe gestern ins Bier gepinkelt. Ich wollte ein bisschen Spaß haben, einen Spaß, von dem nur ich weiß."
Da erhob sich Mittanaghd und gestand: „Ich habe neulich lieber meine Fossiliensammlung sortiert, statt für die Gemeinschaft nach Goldadern zu suchen. Ich wollte etwas nur für mich tun."
Die Zwerge waren entsetzt und erschüttert.
„Warum läuft denn hier alles aus dem Ruder? Jahrhundertelang lief im Zwergenreich alles gut und nun macht plötzlich jeder, was er will! König, tu was!", rief ein Zwerg.

Da stand Lun, der alte Gießmeister, auf und sprach: „Ich muss euch mein Geheimnis offenbaren. In den letzten hundert Jahren habe ich mit der Rezeptur der neu gegossenen Zwerge experimentiert. Ich habe zu Erz und Fels kleine Mengen anderer Materialien hinzugefügt – Palladium, Bauxit, seltene Erden. So wollte ich jedem Zwerg eine eigene Persönlichkeit geben, einen Charakter, den nur er hat. Ich wollte Individuen schaffen."

Jetzt endlich verstand Mittanaghd das Gefühl, das ihn so oft bedrückt hatte. Ja, er war anders als die anderen Zwerge. Plötzlich wusste er warum. Und es fühlte sich gut an.

„Schäm dich! Du hast unsere Gemeinschaft vergiftet!", schallte es Lun entgegen.

Der König stand auf und hob die Hand, um die Zwerge zum Schweigen zu bringen. „Beschimpft nicht Meister Lun. Beschimpft mich. Ich habe es so angeordnet", sagte er mit seiner dröhnenden Stimme.

Auf Meister Luns Gesicht war blanke Verwunderung zu sehen. Es war offensichtlich, dass der König nichts dergleichen angeordnet hatte. Er sagte es offenbar, um Lun zu schützen. Während alle den König anstarrten, sprach er ruhig weiter: „Es ist leicht, Hand in Hand zu arbeiten, wenn alle gleich sind, gleich denken und gleich fühlen. Die Kunst einer Gemeinschaft besteht aber darin, zusammenzuarbeiten, wenn alle verschieden sind und trotzdem zusammenhalten. Das bedeutet es, wenn eine Gesellschaft erwachsen wird."

Sartur Sim Salamander

1
Die schreckliche Neuigkeit

Satur Sim Salamander war ein lila Lurch. Er lebte im Wald vor der großen Stadt an einem kleinen Bach. Er hatte nie das leiseste Anzeichen irgendwelcher besonderer Fähigkeiten gezeigt und dennoch sollte er zum Helden werden, der den Wald rettete.

Die Welt aus der Sicht eines Lurchs ist sehr spannend, denn überall lauern Gefahren für einen kleinen Lurch. Lurche haben keine scharfen Zähne und keine Krallen und sie sind auch nicht giftig. Daher können sie nicht viel machen, wenn andere Tiere sie fressen wollen. Und deshalb müssen Lurche sehr schnell weglaufen und sie müssen sich gut verstecken können. Satur Sim Salamander kannte viele gute Verstecke an seinem Bach. Hier ein Stein, dort ein Gebüsch und weiter dahinten die Zweige einer Weide, die bis in den Bach hinunterhingen. Bislang war es ihm immer gelungen zu entkommen, wenn ihn jemand fressen wollte, und so hatte er es geschafft, ein halbes Jahr alt zu werden. Als Lurch ist man mit einem halben Jahr schon erwachsen, und das schaffen nicht viele Lurche.

Eines Morgens saß Satur auf einem Stein am Bach und genoss den Sonnenschein auf seiner Haut. Da kam Rabatz, der kluge Rabe, angeflogen. Vor dem brauchte sich Satur nicht zu fürchten, denn Raben fressen keine Lurche.

„Guten Morgen", sagte Satur freundlich. Er freute sich immer über Besucher, die ihn nicht fressen wollten.

„Heute ist leider kein guter Morgen", antwortete Rabatz.

„Warum das denn nicht?", fragte Satur.

Statt einer Antwort fragte Rabatz: „Kennst du Frau Doktor Schneider, die Biologin, die immer in unserem Wald herumschleicht?"

„Nein", sagte Satur.

„Frau Schneider beherrscht die Sprache der Tiere. Ich habe heute Morgen mit ihr gesprochen und sie hat mir erzählt, was die Menschen vorhaben."

Rabatz trat von einem Bein aufs andere. Das tat er immer, wenn er ungeduldig war, und er war oft ungeduldig, weil die meisten anderen Tiere im Wald nicht so schnell denken konnten wie er.

„Und was haben sie vor?", fragte Satur.

„Sie wollen eine Autobahn durch den Wald bauen. Das ist so eine Straße, wie wir sie am Waldrand haben, nur viel größer und gefährlicher. Dafür wollen die Menschen einen Teil unseres Waldes abholzen und der Rest wird dadurch zerschnitten.

Dann kann keiner mehr von einem Ende des Waldes zum anderen laufen. Mir kann es ja egal sein, ich kann über die Autobahn fliegen, aber ich dachte, die anderen Tiere interessiert das."

„Ja, mich interessiert das. Ich kann ja nicht fliegen", sagte Satur besorgt.

„Genau und deshalb ist heute Nachmittag eine Versammlung aller Waldtiere auf der kleinen Lichtung im Buchenhain."

„Da gehe ich hin", sagte Satur. „Am besten ich mache mich gleich auf den Weg. Mit meinen kurzen Beinen dauert es nämlich ziemlich lange, bis zur Lichtung zu laufen. Hoffentlich werde ich unterwegs nicht gefressen."

„Viel Glück!", rief Rabatz Satur zu und flatterte hoch. „Ich muss weiter, muss den anderen Tieren Bescheid sagen."

2

Die Versammlung der Tiere

Als Satur Sim Salamander auf der Lichtung ankam, waren schon fast alle Tiere des Waldes da: die Hasen, die Wildschweine, die Eichhörnchen, die Eulen, der Fuchs, die Blindschleiche, das Wolfsrudel, die Rehe, das Damwild, die Bieber vom Bach und der starke Hirsch mit seinen Hirschkühen. Auch eine Abordnung der Wildbienen war gekommen und einige schimmernde Libellen. Der kluge Rabe Rabatz war auch schon da. Er stand in der Mitte der Lichtung und trat von einem Bein aufs andere.
Die Bäume, die rund um die Lichtung standen, wiegten sich im Wind und ihre Blätter warfen tanzende Schatten auf den Waldboden. Es roch nach Wildblumen, Moos und feuchter Erde. Dieser Wald war wirklich unbeschreiblich schön und alle Tiere waren entschlossen, ihn zu verteidigen.
Als alle Tiere da waren, erzählte Rabatz mit seiner krächzenden Stimme noch einmal, was er am Morgen von Frau Schneider erfahren hatte. „Also stellt sich die Frage: Was können wir tun, um die Zerstörung unseres Waldes zu verhindern?"

Rund um die Lichtung erhob sich ein Gebrumme und Gesumme. „Am besten jeder, der eine Idee hat, tritt der Reihe nach vor und sagt, was er tun kann", schlug Rabatz vor.

Da traten die Wildschweine vor und sagten: „Wenn die Menschen in unseren Wald kommen, dann können wir sie umrennen."

Dann trat der Fuchs vor. Er sagte: „Ich kann sie beißen!"

Dann traten die Wölfe vor und sagten: „Wir können sie fressen."

Schließlich trat der starke Hirsch vor und sagte: „Ich kann sie zertrampeln."

Nun war die Reihe an Satur Sim Salamander. Die anderen Tiere konnten ihn kaum sehen, weil das Gras so hoch war, dass Satur fast ganz darin verschwand. Er trat ein paar kleine Schritte vor und sagte sehr leise und ein wenig traurig: „Ich bin ein lila Lurch und ich kann nix."

Währenddessen streifte Juliane Schneider, die Biologin, durch den Wald. Sie trug ein langärmeliges T-Shirt und Jeans, die in die Socken gestopft waren, um sich vor Zeckenbissen zu schützen, wenn sie im Unterholz unterwegs war. Sie wunderte sich. Wo waren all die Tiere hin? Seit Stunden lief sie im Wald herum und hatte nicht mal ein Häschen gesehen. Der Wald war wie leer gefegt. Sie war schon viel herumgekommen und hatte überall Tiere gefunden. Sie hatte in Alaska mit Bären gesprochen und in den Alpen mit Murmeltieren. Aber wo waren denn die Tiere dieses Waldes? Da entdeckte sie eine Wildschweinspur und beschloss, ihr zu folgen. So kam sie zu der Lichtung, auf der sich die Tiere des Waldes versammelt hatten.

„Hallo Tiere", sagte sie freundlich in der Sprache der Tiere.
„Verschwinde, du Mensch!", röhrte der starke Hirsch. „Das hier ist unsere Versammlung. Wir wollen keine Menschen in unserem Wald."
„Langsam, langsam", sagte Rabatz. „Vielleicht sollten wir uns anhören, was Frau Schneider zu sagen hat. Ohne sie wüssten wir schließlich gar nichts von der Gefahr."
Die anderen Tiere nickten zustimmend. Dann wandte sich Rabatz an Frau Schneider: „Also, Frau Schneider, vielleicht haben Sie eine Idee. Was können wir tun, damit die Menschen unseren Wald in Frieden lassen?"
„Lasst mich mal überlegen", dachte sie laut. „Ja, das ist es! Das seltenste Tier von euch soll bitte mal vortreten."

Alle Tiere sahen sich an. Und sie stellten alle fest, dass sie nicht selten waren.

Wildschweine gibt es schließlich viele und alle anderen Waldtiere auch.

Da trat schließlich Satur Sim Salamander vor und sagte: „Ich glaube, ich bin selten. Ich bin der einzige lila Lurch, den ich kenne."

„Oh!", rief Frau Schneider entzückt. „Ein lila Lurch! So etwas habe ich ja noch nie gesehen und ich habe auch noch nie von einem gehört oder von einem gelesen. Du musst wirklich sehr selten sein. Nein, nicht selten, du bist einzigartig! Mit deiner Hilfe können wir den Wald retten."

Dann hob sie Satur aus dem Gras und setzte ihn auf ihre Hand. Sie führte die Hand zum Mund. Satur hatte schon Angst, sie würde ihn fressen. Doch sie flüsterte ihm einen Plan ins Ohr und der gefiel Satur. Dann setzte sie ihn wieder ins Gras und sagte zu den versammelten Tieren: „Der Lurch und ich haben einen Plan, wie wir den Wald retten können."

„Und was ist das für ein Plan?", fragte Rabatz, der kluge Rabe.

„Ihr werdet schon sehen", sagte Frau Schneider.

Dann drehte sie sich um und ging.

Da kam der Hirsch zu Satur herübergetrabt. Beinahe hätte er den kleinen Lurch mit seinen Hufen zertreten. Der Hirsch beugte sich zu ihm hinunter und gab ihm Tipps, wie man jemanden zertrampelt: „So und so und dann zack!", flüsterte er. „So und so und dann zack! Alles klar!", sagte Satur, der kleine Lurch.

3
Die Stunde des lila Lurchs

Eine Woche später rückte ein großes Team von Biologen an, um den Wald zu erforschen und ein Umweltverträglichkeitsgutachten für den Bau der Autobahn zu erstellen. Umweltverträglichkeitsgutachten ist ein kompliziertes Wort für eine einfache Sache: Biologen, also Menschen, die sich mit Tieren und Pflanzen beschäftigen, beurteilen, ob ein Stück Wald so wertvoll ist, dass es nicht zerstört werden darf. Frau Schneider, die den Wald schon länger kannte, führte die Biologen herum.

Als Erstes führte sie sie zu dem Bach, wo Satur wohnte. Und Satur zeigte sich auf einem schönen großen Stein.
„Unglaublich", sagte der Professor, der der Chef der Biologen war. „Ein lila Lurch! So ein Lurch ist in der Forschung unbekannt. Das muss eine neue, unentdeckte Unterart sein. Oder hat einer von Ihnen schon mal einen lila Lurch gesehen?"
„Nein", sagten die anderen Biologen.
Da erklärte Frau Schneider: „Das Verbreitungsgebiet dieses Lurchs ist nur dieser eine Wald. Das macht diesen Wald so wertvoll."

„Na ja", sagte der Professor. „Man kann aber doch nicht wegen einem einzigen lila Lurch den ganzen Bau der Autobahn stoppen."

„Es ist kein einzelner Lurch. In diesem Wald gibt es eine ganze Population. Sie werden sehen."

Der Professor streckte die Hand nach Satur aus, aber der sprang blitzschnell vom Stein herunter in den Bach und schwamm davon. Dann lief er so schnell er konnte zu einem Ort, den er vorher mit Frau Schneider abgemacht hatte. Frau Schneider führte die Biologen dorthin und wieder zeigte sich Satur.

„Noch ein Exemplar", brummte der Professor und war beeindruckt.

Als einer der Biologen die Hand nach Satur ausstreckte, verschwand der im Gebüsch und lief zu einer anderen Stelle, die er mit Frau Schneider vereinbart hatte. Wieder führte sie die Biologen dorthin und wieder sahen sie Satur.

„Sie haben recht", sagte der Professor schließlich zu Frau Schneider. „Dieses Tier ist außerordentlich selten. Es lebt nur in diesem Wald, aber hier gibt es eine ganze Population davon. Das macht diesen Wald ausgesprochen wertvoll. Er darf auf keinen Fall zerstört werden. Ich werde in meinem Gutachten schreiben, dass der Bau der Autobahn gestoppt werden muss."

„Es freut mich, dass Sie das auch so sehen", sagte Frau Schneider erleichtert. Sie war sehr zufrieden, dass ihr Plan so gut funktioniert hatte.

„Eine Frage stellt sich mir aber doch", sagte der Professor, während er nachdenklich mit seiner Brille spielte. „Warum sehen wir von den lila Lurchen immer nur Männchen?"

Frau Schneider sackte das Herz in die Hose. Mit dieser Frage hatte sie nicht gerechnet. Jetzt musste ihr schnell etwas einfallen. Dann sagte sie: „Die Weibchen dieser Unterart sind sehr scheu. Sie verstecken sich ihr ganzes Leben lang unter einem Stein und kommen nie heraus."

„Interessant", meinte der Professor. „Nun gut, diese lila Lurche sind so einzigartig, dass dieser Wald auf keinen Fall abgeholzt werden darf."

Die Biologen gingen nach Hause, glücklich, dass sie eine neue, unbekannte Unterart der Lurche entdeckt hatten, und sie schrieben ein Umweltverträglichkeitsgutachten, in dem stand, dass die Autobahn leider nicht gebaut werden konnte, da sonst die lila Lurche gefährdet seien. Der Verkehrsminister tobte deswegen in seinem Büro, aber er konnte nichts mehr tun, um die Autobahn zu bauen.

Die Tiere im Wald aber trafen sich alle auf der Lichtung und feierten ein ausgelassenes Fest. Alle grunzten, brummten, röhrten, jaulten, piepten, fiepten oder summten. Das war die Musik des Waldes. Da rief Rabatz, der kluge Rabe, mit seiner krächzenden Stimme: „Satur Sim Salamander hat unseren Wald gerettet, weil er so einzigartig ist! Ohne ihn wären wir alle nicht mehr hier. Er soll unser Anführer sein. Lasst ihn uns zum König des Waldes wählen!"

Da brüllte der starke Hirsch: „Der König des Waldes bin ich! Weil ich der Stärkste bin und weil ich am lautesten brüllen kann."

Rabatz erwiderte: „Ohne Satur könntest du gar nicht mehr hier sein."

Nun riefen die anderen Tiere im Chor: „Lila Lurch! Lila Lurch!" Und so wählten die Waldtiere Satur Sim Salamander, den kleinen lila Lurch, zum König des Waldes.

Der Hirsch stampfte mit den Hufen auf, brüllte noch einmal und verschwand zwischen den Bäumen. Und kein Tier hat ihn mehr in diesem Wald gesehen.

Die Traumfresser

1
Die Jagd

Artaios flog durch die Nacht. Zwanzig Meter unter ihm leuchteten die Reklamen, die Autoscheinwerfer und die Fenster der Häuser. Artaios beachtete die Lichter nicht. Er hatte nur Augen für das rot flackernde Wesen, das er jagte: Ein böser Traum. Träume sind nicht fest, nicht flüssig, und sie sind auch kein Gas. Träume sind etwas ganz anderes und niemand außer den Traumfressern kann sie packen oder auch nur sehen.

Artaios war acht Jahre alt und musste das Jagen erst noch lernen. Der böse Traum machte es ihm nicht einfach. Er war schnell und schlug einen Haken nach dem anderen, stürzte sich in die Häuserschluchten und stieg dann wieder steil nach oben. Traumfresser haben Körper wie Menschen, doch aus ihren Schulterblättern ragen Flügel, mächtige Schwingen mit zwei Metern Spannweite. Artaios war einer von den Guten. Von jenen Traumfressern, die böse Träume fressen. Doch es gab auch die anderen. Die, die sich von den guten Träumen der Menschen ernährten.

Böse Träume sind schnell und wendig. Es ist nicht leicht, sie zu fangen. Und davon abgesehen, schmecken sie scheußlich. Genau deshalb gab es eben auch jene anderen Traumfresser, die die guten Träume fraßen. Gute Träume sind langsam und unvorsichtig. Leicht zu fangen. Und sie schmecken so viel besser als böse Träume. Die meisten Traumfresser waren zu faul, um die schnellen Albträume zu jagen und zähe, bittere Albträume zu essen. Sie machten es sich gerne einfach. Sie fraßen lieber die guten Träume, die die Menschen doch so dringend brauchen. Und eben darum waren sie böse. Sie waren es keineswegs von Natur aus. Sie unterschieden sich von Natur aus gar nicht von den guten Traumfressern, sie waren nur böse aus Bequemlichkeit.

Artaios hatte es fast geschafft. Er war auf zwei Meter herangekommen, dann auf einen. Er brauchte nur noch die Hand auszustrecken und zuzupacken.

„Hab' ich dich, Albtraum!", rief er. „Du wirst keinen Menschen mehr heimsuchen!"

Doch als Artaios nach dem Traum griff, schoss etwas von oben auf ihn herab. Ein Tritt traf ihn in den Rücken, zwischen die Schulterblätter. Artaios kam ins Trudeln, stürzte. Die Scheinwerfer der Autos unter ihm kamen immer näher. Erst zehn Meter über dem Boden konnte er sich fangen, wieder Luft unter die Flügel bekommen.

Er sah nach oben. Was hatte ihn angegriffen? Artaios konnte seinen Augen kaum glauben. Die Angreiferin war Melisande. Eine von den anderen. Und nun, nachdem sie Artaios aus dem Weg geräumt hatte, griff sie selber nach dem Albtraum, bekam ihn zu fassen, schlug ihre Zähne hinein. Sie landete auf dem Dach eines Hauses und schlang den Albtraum gierig in sich hinein, während Artaios sich auf einem Dach gegenüber niederließ und sich hinter einem Schornstein versteckte, um sie zu beobachten.

Melisande war zwei Jahre älter als Artaios und, soweit er wusste, fraß sie immer nur gute Träume. Die guten Träume, die den Menschen gehörten. Doch nun hatte sie sich auf einen Albtraum gestürzt. Was hatte das zu bedeuten? Artaios beschloss, ihr zu folgen, um herauszufinden, was los war.

Melisande verschlang den Albtraum gierig, sie aß sogar den zähen Schwanz mit, den Artaios immer verschmähte. Dann breitete sie ihre Flügel aus und flog nach Osten. Artaios glaubte zu wissen, was das hieß: Sie flog zum Dom, dem Treffpunkt der anderen. Wenn er ihr folgte, konnte es gefährlich werden. Aber seine Neugier war stärker als seine Angst.

Artaios sprang kopfüber vom Dach, ließ sich mit angelegten Flügeln ein paar Meter fallen und breitete dann seine Schwingen aus. Diese Kopfsprünge machte er immer gerne. Er liebte das Gefühl, wenn die Luft an ihm vorüberschoss.

Melisande flog tatsächlich zum Dom. Artaios kreiste erst einmal vorsichtig in großer Höhe, um zu sehen, ob noch mehr von den anderen dort waren. Doch Melisande war allein. Die Dachlandschaft des Doms sah von oben aus wie ein Gebirge mit den Dächern der Längsschiffe, des Querschiffs und des Chors, den zwei gewaltigen Türmen der Westfassade und den vielen kleinen Türmchen ringsherum. Strebebögen und Strebepfeiler umringten den Dom und zwischen ihnen lagen Schluchten. Melisande hatte sich auf der Südseite des Hauptschiffdachs niedergelassen. Artaios landete auf der Nordseite und spähte über den Giebel zu ihr hinab. Da erst fiel Artaios auf, wie abgezehrt sie aussah. Ausgehungert.

Plötzlich hörte er hinter sich Stimmen in der Luft. Da kamen die anderen. Fünf oder sechs Traumfresser flogen auf das Dach des Doms zu. Sie durften Artaios hier nicht erwischen. Zum Wegfliegen war es jetzt zu spät. Artaios musste sich verstecken. Aber wo? Ein Strebebogen! Drei Flügelschläge brachten Artaios zu einem der hohen Bögen, wo er sich verstecken konnte. Sekunden später landeten die Traumfresser auf dem Dach, genau dort, wo Artaios bis eben gesessen hatte.

„Wieder nichts", sagte einer der Traumfresser zu seinen Kumpanen.

Artaios spähte aus seinem Versteck und lauschte.

„Es gibt einfach keine guten Träume mehr", sagte eine andere Traumfresserin.

Da mischte sich Melisande ein: „Ich fresse schon seit Tagen Albträume, um zu überleben. Aber sie sind so schnell, so schwer zu fangen und sie schmecken so scheußlich."

„Was ist bloß mit den guten Träumen los?", fragte einer.

„Sie sind schon seit Jahren immer weniger geworden, aber so schlimm wie jetzt war es noch nie", sagte ein anderer.

Das hatte Artaios nicht gewusst. Da er immer nur Albträume jagte, hatte er nie darauf geachtet, wie viele gute Träume es gab.

Gerne wäre er jetzt losgeflogen und hätte seinen Eltern davon erzählt, aber solange das ganze Kirchendach voller Traumfresser der Dombande war, konnte er nicht weg. Und was hätte er seinen Eltern erzählen sollen? Wenn er sagte, dass er ganz allein zum Treffpunkt der bösen Traumfresser geflogen war, sich dort versteckt und sie belauscht hatte, würden seine Eltern bestimmt böse auf ihn sein. Es war viel zu gefährlich, was er hier machte.

Wind kam auf und jagte die Wolken über den Himmel. Er schob sie vor den Mond und dann wieder weg, sodass sich Mondschein und tiefe Dunkelheit abwechselten, während immer mehr Traumfresser auf dem Dach des Doms landeten. Schließlich mussten es an die vierzig sein. Dann begann es zu regnen. Doch Traumfresser haben dicke, ledrige Haut, sodass ihnen Kälte und Nässe nichts ausmachen.

„Wenn wir in Zukunft alle Albträume fressen müssen, dann müssen wir die Bahnhofsbande ausschalten. Die Albträume reichen nicht für uns alle. Irgendjemand muss verhungern und dann sollen lieber die verhungern als wir", sagte einer.
„Die Jagdkonkurrenz mit ihnen können wir nicht gewinnen. Sie sind viel geübter darin, böse Träume zu fangen, und sie sind viel bessere Flieger als wir. Aber wir sind doppelt so viele wie sie. Wenn wir sie angreifen, können wir sie aus der Stadt vertreiben", sagte ein anderer.
„Dann lasst uns allen Bescheid geben. Morgen Abend greifen wir sie an und verjagen sie aus der Stadt. Dann haben wir wenigstens die Albträume für uns."

Das war Tharos, der Anführer der Dombande. Artaios hatte die Stimme erkannt. Er schauderte. Ein Angriff der ganzen Dombande? Das musste er seinen Eltern sagen. Und dann musste er auch erzählen, wo er gewesen war. Jetzt konnte er nur warten, bis die Nacht zu Ende ging. Bei Tageslicht werden Traumfresser nämlich unsichtbar. Dann würde Artaios sein Versteck unter dem Strebebogen verlassen können und zum Treffpunkt der guten Traumfresser auf dem Dach des Hauptbahnhofs fliegen.

Artaios musste lange in seinem Versteck ausharren und er hörte die ganze Nacht, wie sich die Traumfresser der Dombande darüber beklagten, dass es kaum noch gute Träume gab.

Als es zu dämmern begann, beobachtete Artaios, wie er langsam unsichtbar wurde. Als er nichts mehr von sich sehen konnte, verließ er sein Versteck unter dem Strebebogen und flog nach Hause zum Hauptbahnhof. Als er dort ankam, ging gerade die Sonne über der großen Stadt auf.

Er wollte zu seinen Eltern, doch die waren natürlich genauso wenig zu sehen wie Artaios selbst. Das Bahnhofsdach sah vollkommen verlassen aus, obwohl dort an die zwanzig Traumfresser waren. Artaios rief nach seiner Mutter und zu seiner Erleichterung war sie noch wach und antwortete ihm. Er flog zu ihr.

„Wo bist du gewesen?", fragte sie. „Ich habe mir solche Sorgen gemacht, als du nicht vor Tagesanbruch zurück warst."

Und dann erzählte Artaios, was er in dieser Nacht erlebt hatte.

„Wie konntest du auf so eine dumme Idee kommen, allein zum Dom zu fliegen und die anderen zu belauschen. Was glaubst du, hätten die mit dir gemacht, wenn sie dich erwischt hätten?"

„Es war wichtig, dass ich sie belauscht habe, sonst wüssten wir nicht, dass sie uns morgen Nacht angreifen wollen", verteidigte sich Artaios.

„Da hast du allerdings recht. Die anderen schlafen alle schon. Wir müssen sie wecken und sie warnen. Und dann müssen wir gut überlegen, was wir tun."

Schnell weckten sie die anderen Traumfresser, die auf dem Dach des Hauptbahnhofs schliefen. Sie sagten: „Wir müssen uns versammeln. Es ist wichtig!"

Doch es ist natürlich gar nicht so einfach, wenn lauter Unsichtbare sich versammeln wollen. Es entstand zuerst einmal ein riesengroßes Durcheinander. Als sich schließlich alle versammelt hatten, bat Dorian, der Älteste der Traumfresser, um Ruhe. „Artaios hat euch etwas Wichtiges zu sagen."

„Kann er das nicht heute Abend machen, wenn wir ausgeschlafen sind?", fragte einer.

„Heute Abend ist es vielleicht zu spät", sagte Artaios. Und dann erzählte er, was er erfahren hatte.

Die Zuhörer wurden immer stiller.

„Wir befinden uns in tödlicher Gefahr", fasste Dorian das Gehörte zusammen.

„Wir müssen uns einen Plan überlegen, wie wir uns verteidigen können, denn wir werden uns nicht aus unserer Stadt vertreiben lassen. Das steht fest", sagte Ariana.

Dorian meinte: „Das müssen wir. Aber genauso dringend müssen wir die Ursache des Verschwindens der guten Träume herausfinden."

Artaios war sehr hungrig, hatte er doch in der letzten Nacht nichts an Träumen zu fressen bekommen.

2

Auf der Suche nach einem guten Traum

Die Traumfresser der Bahnhofsbande beratschlagten lange, wie sie sich gegen die Übermacht der Dombande wehren konnten. Irgendwann schlug Artaios vor, dass sie sich alle auf Tharos, den Anführer der Dombande, stürzen sollten. „Wenn es uns gelingt, ihn in die Flucht zu schlagen, dann werden sie alle fliehen."

Nach einigem Hin und Her wurde der Plan angenommen. „Bilde dir bloß nicht ein, du dürftest mitkämpfen", sagte Artaios' Mutter.

„Aber warum nicht? Ich bin schon acht."

„Eben. Du bist acht. Ein Kampf gegen vierzig ausgewachsene Traumfresser ist nichts für einen Achtjährigen."

Artaios wollte gerade widersprechen, als Dorian sagte: „Artaios, wir haben eine andere Aufgabe für dich. Flieg morgen Abend los und finde heraus, wo die Träume herkommen. Wie sie entstehen. Und was wir tun können, damit es wieder mehr werden. Falls wir etwas tun können", fügte er nach einer kleinen Pause hinzu. „Solange es nicht genug Träume für alle

Traumfresser gibt, wird es nie Frieden zwischen uns und der Dombande geben."

Artaios widersprach nicht. Das Rätsel der Träume zu lösen, war eine verantwortungsvolle Aufgabe, und er durfte nicht versagen.

Danach versuchten alle Traumfresser auf dem Dach des Hauptbahnhofs, Schlaf zu finden, um Kräfte für die Auseinandersetzung zu sammeln.

Artaios erwachte, als die Sonne über der großen Stadt unterging. Der Mond stand schon matt am Himmel und die Traumfresser wurden allmählich wieder sichtbar. „Ich werde zum Anfang der Nacht fliegen und sehen, was ich über die Träume herausfinden kann", sagte er zu seinen Eltern. Die Mutter küsste ihn auf die Stirn und dann schwang Artaios sich in die Luft.

Er flog nach Osten, wo der Himmel schon dunkel war, überquerte den Fluss, der durch die große Stadt floss, und flog weit über das Häusermeer. Dann sah er gelegentlich Träume aufleuchten, flackernd und unstet, wie Träume nun mal sind. Doch sie waren allesamt tiefrot. Es waren böse Träume. Artaios fing einen von ihnen, um seinen Hunger zu stillen. Aber die Albträume waren ja für seinen Auftrag nicht wichtig. Jetzt ging es um die guten Träume und davon konnte Artaios keinen sehen. Er flog höher, hielt nach allen Seiten Ausschau. Er flog kreuz und quer über die Stadt, aber kein bunter, schöner Traum war zu sehen. Artaios dachte an seine Freunde, die in dieser Nacht mit der Dombande kämpfen mussten. Wenn er zurückkam, würde es vielleicht gar keine Bahnhofsbande mehr geben.

Gegen Morgen war er erschöpft, konnte kaum noch mit den Flügeln schlagen. Er ließ sich auf einem Hausdach am Stadtrand nieder, um zu schlafen. Es war das erste Mal, dass er getrennt von seinen Eltern schlafen musste. Die Eltern fehlten ihm. Dorian und Ariana und die ganze Bahnhofsbande fehlten ihm. Er erlebte zum ersten Mal ein Gefühl, das er überhaupt nicht kannte. Das also war Einsamkeit. Wie lange würde er allein umherirren müssen, bis er das Geheimnis der Träume erfahren hatte? Würde er es überhaupt herausfinden? Was, wenn es gar keine guten Träume mehr gab?

Als er am nächsten Abend erwachte, flog er sofort weiter. In dieser Nacht verschwendete er keine Zeit mit der Jagd nach Albträumen. Er ignorierte den Hunger und konzentrierte sich auf die Suche nach guten Träumen. Er war schon bald jenseits der Grenzen der Stadt und flog über eine hügelige, dunkle, bewaldete Landschaft. Und dann endlich, nachdem er lange durch die Nacht geflogen war, konnte er einen blau schimmernden Traum sehen, der gerade aufzuflackern schien. Der Traum flog langsam und änderte ein paar Mal die Richtung, trödelte herum und freute sich des Lebens, wie Artaios das von guten Träumen kannte.

Gute Träume waren leichte Beute. Aber jetzt ging es ja nicht ums Beutemachen, sondern darum, dem Traum sein Geheimnis zu entlocken. Artaios flog auf den Traum zu und rief: „Traum! Verstehst du mich? Ich muss mit dir sprechen!"
Der Traum blickte sich um, sah ihn und nahm Reißaus. Er flog so schnell er konnte und stürzte sich hinunter in den Schutz der Baumkronen. Aber Träume funkeln und flackern und so hatte Artaios keine Mühe, den Traum im Dickicht des Blätterdachs wiederzufinden. Der blaue Traum hatte keine Chance. Artaios packte ihn an einem seiner Flügel und landete mit ihm auf einer nahen Lichtung.

„Hab' keine Angst", sagte Artaios zu dem Traum. „Ich will dir nichts tun."
„Du bist ein Traumfresser, das erkenne ich. Du willst mich nur fressen", schluchzte der Traum.

„Bei den Traumfressern gibt es solche und solche. Und ich bin ein solcher. Ich fresse nur Albträume."

„Wirklich?"

„So ist es. Ich muss dringend mit dir reden. Ich habe ein paar Fragen, die für alle Traumfresser und für die Menschen von äußerster Wichtigkeit sind."

„Und dann lässt du mich weiterfliegen?"

„Bestimmt."

Der Traum beruhigte sich und hörte auf, mit den Flügeln zu schlagen.

„Wo kommt ihr eigentlich her, ihr Träume?", fragte Artaios.

„Das ist ganz verschieden", sagte der Traum.

„Aber wie entsteht ihr? Bitte sag es mir. Es ist wichtig für uns Traumfresser."

Der Traum schien zu überlegen, ob er antworten sollte. „Ihr wollt uns doch nur fressen, was interessiert es euch, wie wir entstehen?"

„Ich fresse doch nur Albträume", erwiderte Artaios. „Ich habe noch nie einem guten Traum etwas getan. Aber unserer Welt fehlen gute Träume, deshalb müssen wir herausfinden, woran das liegt. Wir müssen wissen, wie Träume entstehen."

„Träume können aus allem Möglichen entstehen, aber meistens entstehen wir aus Geschichten."

„Aus Geschichten?"

„Immer, wenn ein Kind eine Geschichte liest oder vorgelesen bekommt, entsteht ein Traum. Und dann fliegen wir Träume durch die Nacht zu den Menschen, zu denen wir gehören."

„Dann ist es also ganz einfach. Man muss nur Kindern etwas vorlesen?"

„Wenn du das einfach nennst, dann ist es einfach."

„Danke, Traum", sagte Artaios.

„Würdest du mich jetzt bitte loslassen?", fragte der Traum. „Ich muss nämlich weiterfliegen."

„Gerne. Du hast mir und allen Traumfressern und vielleicht auch allen Menschen sehr geholfen."

Nun wollte Artaios so schnell wie möglich nach Hause, um den anderen zu berichten, was er herausgefunden hatte. Es war kurz vor Tagesanbruch, als er am Hauptbahnhof ankam. Die Bahnhofsbande war noch komplett und schien bester Laune zu sein.

„Wie ist die Schlacht ausgegangen?", fragte Artaios.

„Wir haben gewonnen!", erzählte sein Vater. „Wir haben es gemacht, wie du gesagt hast. Die Dombande griff auf breiter, lang gestreckter Front an. In der Mitte flog Tharos, ihr Anführer. Wir bildeten einen Keil, ich flog an der Spitze und dann gingen wir zum Gegenangriff über. Wir griffen genau dort an, wo Tharos flog. Nach einem kurzen Handgemenge hat er die Flucht ergriffen. Als seine Leute gesehen haben, dass er floh, sind sie auch geflohen. Wir haben sie noch bis zum Dom verfolgt. Nur zwei von uns haben leichte Verletzungen erlitten. Ich hoffe du hast etwas über die Träume herausbekommen, das uns hilft."

3
Der unsichtbare Dieb

Nachdem Artaios allen erzählt hatte, was er erfahren hatte, wurden Pläne geschmiedet. Die Traumfresser wollten die Kinder besuchen und ihnen gute Geschichten vorlesen, damit es wieder viele gute Träume geben würde. Es wurde beschlossen, die Bücher zu klauen, denn kein Traumfresser hatte jemals Geld besessen, so konnten sie die Bücher nicht kaufen. Da sie tagsüber unsichtbar waren, konnten sie auch schlecht in einer Leihbücherei einen Büchereiausweis beantragen.

„Wer will die Bücher besorgen?", fragte Dorian.

Artaios und zwei andere Traumfresser meldeten sich. Artaios, der Bücher liebte, hatte schon oft unsichtbar in Buchläden und Bibliotheken gesessen und hatte dort spannende Bücher gelesen. Bisher hatte er sie immer zurückgestellt. Dieses Mal würde er sie eben mitnehmen.

Bei Tageslicht machten sie sich zu den größten Buchläden der Stadt auf. Vor allem zu Buchläden, die so groß waren, dass es auf ein paar Bücher mehr oder weniger nicht ankam. Da

Traumfresser bei Tageslicht unsichtbar sind, stellten sie es sich nicht allzu schwierig vor, ein paar gute Bücher zu stehlen.

Artaios gefiel es in der Buchhandlung. Auf allen Regalen standen spannende Bücher. Am liebsten hätte er sie alle mitgenommen, aber so viel konnte er nicht tragen. Also suchte er sich die Bücher aus, die ihm am besten gefielen: Oh wie schön ist Panama, Jim Knopf und Lukas der Lokomotivführer, Der brave Geier Orlando, Ronja Räubertochter, Momo, die Olchis, den Josa mit der Zauberfiedel und Ritter Rost. Das war bereits ein schöner großer Stapel.

Artaios hatte die Bücher in einer Ecke des Ladens zusammengetragen. Die Buchhändlerin war tief im Gespräch mit einer Kundin versunken, die nicht wusste, was sie wollte, und ihr Chef war durch die hintere Türe im Büro verschwunden. Artaios nahm den Stapel und versuchte die vielen Bücher so zu balancieren, dass keines herunterfiel, während er so leise wie möglich Richtung Ausgang schlich. Da drehte sich die Verkäuferin um. Schnell setzte Artaios den Bücherstapel auf dem Boden ab. Denn Bücher, die durch den Laden schwebten, wären der Buchhändlerin bestimmt verdächtig vorgekommen.

„Was passiert hier?", fragte die Buchhändlerin mit schriller Stimme.

„Was meinen Sie?", fragte die Kundin, die sich noch immer für keines der Bücher entscheiden konnte.

„Der Bücherstapel. Der stand eben noch da und jetzt steht er dort."

In diesem Moment kam der Chef aus dem Büro. „Frau Müller, was reden Sie da? Die Geschichten unserer Bücher sind zwar lebendig, aber nicht so lebendig, dass sie von einer Ecke des Ladens in eine andere laufen."

„Doch."

Frau Müller ging auf den Bücherstapel zu, der vor Artaios auf dem Boden stand. Artaios drückte sich in die Ecke zwischen den Regalen und machte sich klein. Frau Müller kam auf ihn zu. Jetzt streckte sie die Hand aus, tastete in der Luft herum. Dann berührte sie ihn. Ihre Hand strich durch seine Haare. Sie schrie auf.

„Was ist denn nun?", fragte ihr Chef, der die Szene verständnislos beobachtet hatte.

„Da ist jemand. Ein Bücherdieb."

„Ich sehe keinen Dieb."

„Er ist unsichtbar", sagte Frau Müller. Nun tastete sie weiter, bekam Artaios zu fassen und schüttelte ihn.

„Jetzt hab' ich dich!"

„Frau Müller, reißen Sie sich zusammen", rief der Chef.

Frau Müller ließ von Artaios ab.

„Ich weiß nicht, ob ich der Buchempfehlung einer Buchhändlerin vertrauen soll, die wandernde Bücherstapel und unsichtbare Diebe sieht", sagte die Kundin und stellte das Buch, das Frau Müller ihr gerade empfohlen hatte, wieder ins Regal.

„Frau Müller ist eine ausgezeichnete Fachkraft, wenn es um Kinderbücher geht", sagte der Chef. „Sie ist nur im Moment etwas ... ich weiß nicht."

Frau Müller wich langsam zurück, wobei sie den Bücherstapel fest im Auge behielt.

„Frau Müller, geht es Ihnen gut?", fragte der Chef.

In diesem Moment musste Artaios niesen.

„Da!", rief Frau Müller. „Haben Sie das gehört? Der Dieb hat geniest."

Nun war Artaios' Tarnung dahin. Unsichtbar oder nicht, wenn man nieste, konnte man nicht unbemerkt bleiben. Er nahm den Bücherstapel in die Hände und lief so schnell er konnte zur Tür.

„Da, da!", rief Frau Müller.

„Die Bücher! Warum schweben die Bücher zur Tür hinaus?", fragte der Chef.

Als die Tür hinter Artaios zufiel, sah er noch, wie Frau Müller die Augen verdrehte und zu Boden sank, während ihr Chef mit weit aufgerissenen Augen dem Bücherstapel hinterherblickte.

Artaios breitete seine Flügel aus und flog davon. Hinter ihm stürzten die Kundin und der Chef aus dem Laden und sahen den davonschwebenden Büchern nach, die höher und höher in den Himmel über der Stadt flogen.

Artaios flog mit den Büchern zum Hauptbahnhof zurück, wo er seine Beute an die anderen Traumfresser abgeben wollte, damit sie alle den Kindern in dieser Nacht etwas vorlesen konnten. Die Traumfresser verteilten alle Bücher untereinander und um sich die Zeit bis zum Abend zu vertreiben, lasen sie sie auch gleich. Auch die Erwachsenen stellten fest, wie wunderbar Kinderbücher waren, wie viel Wahres und Kluges darinstand. Dinge, die auch für Erwachsene lesenswert waren. Vielleicht gerade für Erwachsene.

Irgendwann sagte Dorian: „Wir sollten auch denen von der Dombande Bücher geben. Sie sollen den Kindern auch vorlesen. Schließlich wollen wir für gute Träume sorgen und sie sind ja auf die guten Träume viel mehr angewiesen als wir. Sie ernähren sich von den guten Träumen und nicht wir!"

„Wer traut sich?", fragte Artaios' Mutter.

Niemand hatte Lust, zu den Traumfressern auf dem Dach des Doms zu fliegen. Wer konnte wissen, was sie mit einem von ihnen machen würden?

Als niemand sich meldete, sagte Dorian schließlich: „Gut, dann fliege ich hin."

Er nahm die übrig gebliebenen Bücher und flog hinüber zum Dom. Nach einer Weile kehrte er zurück und war zufrieden. „Die anderen sind nach unserem Sieg in der Schlacht noch viel zu ängstlich, um mit uns Streit anzufangen. Sie wussten nicht, wie gute Träume entstehen. Sie waren begeistert, dass wir etwas dagegen tun können, dass die guten Träume immer seltener werden. Und sie wollen mitmachen."

4
Die Rückkehr der Träume

Bald darauf ging die Sonne unter und die Traumfresser wurden wieder sichtbar. Sie warteten noch bis die Kinder der Stadt in ihren Betten lagen. Dann teilten sie sich auf und flogen los, um den Kindern Geschichten und Träume zu bringen. Jeder von ihnen hatte ein Buch dabei.

Artaios flog nach Westen. Immer wieder schaute er in die Fenster der Menschen hinein. Bald hatte er ein Zimmer im zweiten Stock entdeckt, in dem das Licht schon aus war. Vielleicht ein Kinderzimmer. Artaios klopfte an die Scheibe. Nichts geschah. Er klopfte noch mal. Dann bewegte sich in dem Zimmer ein Schatten. Jemand kam ans Fenster. Doch es war kein Kind. Ein ziemlich verschlafen wirkender Mann mit verwuschelten Haaren öffnete.

Zuerst sah es aus, als wolle er Artaios anbrüllen, doch dann erkannte er, dass Artaios ein unbekanntes Fabelwesen war, und der Mann traute sich nicht, ein Wesen anzubrüllen, dessen Kräfte er nicht einschätzen konnte. Er entschied sich, lieber nicht zu brüllen, denn wenn jemand fliegen kann, wer weiß, was der noch alles kann! Deshalb sagte er nur missmutig: „Was klopfst du an mein Fenster? Ich muss morgen früh raus. Lass mich schlafen."

„Entschuldigen Sie", sagte Artaios höflich. „Ich bin ein Traumfresser und ich suche Kinder, denen ich vorlesen kann."

„Traumfresser! Hat man denn so was schon gehört? Wenn schon Fabelwesen anklopfen, die es nicht gibt, dann wenigstens welche, die es wirklich nicht gibt. So wie Vampire. Wozu soll das denn überhaupt gut sein, fremden Kindern was vorzulesen?"

„Die Welt braucht mehr Träume", sagte Artaios.

„So wie du herumflatterst, hast du wohl zu viel geträumt. Traumfresser! Ich glaub's nicht!", knurrte der Mann und knallte das Fenster zu.

Zwei Häuser weiter versuchte Artaios es wieder. In der Wohnung brannte noch Licht, aber zwei Fenster waren dunkel.

Paul war fünf. Er lag im Bett und konnte nicht schlafen. Da klopfte es an seinem Fenster. Nein, das konnte nicht sein. Er wohnte im dritten Stock. Wer sollte da ans Fenster klopfen? Doch dann klopfte es wieder. Paul setzte sich im Bett auf und sah einen dunklen Schatten vor seinem Fenster. Er bekam ein bisschen Angst, aber er war auch neugierig. War da vielleicht ein Vampir? Dann rief eine freundliche Kinderstimme, die er gedämpft durch das Fenster hörte: „Hallo! Ist da ein Kind zu Hause?"

Paul stand auf und lief zum Fenster. Da draußen war ein Kind, etwas älter als er selbst, und es flog mit echten Flügeln vor seinem Fenster.

‚Endlich passiert mal was', dachte Paul. Er nahm seinen Mut zusammen und machte das Fenster auf. Das Wesen flog herein, setzte sich auf die Fensterbank und machte keine Anstalten, ihn zu beißen.

„Wer bist du?", fragte Paul.

„Ich bin Artaios."

„Und was bist du für ein Wesen?"

„Ich bin ein Traumfresser", sagte Artaios.

„Davon hab' ich noch nie gehört", sagte Paul.

„Es wundert mich nicht, dass du noch nie von uns Traumfressern gehört hast. Wir sind tagsüber unsichtbar. Nur nachts kann man uns sehen, aber da ist es ja dunkel. Und wenn ein Mensch einen von uns sieht, glaubt er sowieso nicht, was er sieht."

„Und was machst du hier?"

„Ich will dir eine Geschichte vorlesen, damit du gut träumst."

„Ein Geschichte? Das ist aber schön. Meine Mama ist meistens zu müde zum Vorlesen."

„Na, dann mach mal Licht an", sagte Artaios.

Paul machte seine Bettlampe an. Artaios legte sich neben ihn ins Bett und schlug das Buch auf, das er mitgebracht hatte. Und dann las er. Doch er merkte bald, dass das gar nicht so einfach war. Oft verlas er sich, geriet ins Stocken und las mit eintöniger Stimme. Und Paul ließ sich immer wieder ablenken. Er war es gar nicht gewöhnt, sich so lange zu konzentrieren. So konnte kein Traum entstehen. Artaios begriff, dass es nicht nur wichtig war, ein guter Jäger zu sein, sondern auch ein guter Vorleser – und das wollte er jetzt werden. Denn ohne Geschichten gibt es keine Träume – und wovon sollen Traumfresser dann leben? Beim nächsten Kind wollte er es besser machen.

Und das tat er. Er besuchte Lara. Sie war sechs. Sie freute sich sehr, dass ein Fabelwesen sie besuchte und ihr vorlesen wollte. Und dann las Artaios. Er gab sich große Mühe, und nun war es wie Zauberei. Aus den Worten wuchs eine ganze Welt. Artaios nahm Lara mit zu großen Abenteuern, so spannend, dass sie an den Fingernägeln kaute. Dann wieder wurde es so lustig, dass sie sich vor Lachen kringelte. Lara hatte nicht mehr das Gefühl, im Bett zu liegen und einem Vorleser zu lauschen, sondern ganz woanders zu sein, etwas zu erleben, ganz fremde Menschen kennenzulernen, und alles um sie herum kam aus dem Buch, das Artaios las.

Währenddessen lasen auch alle anderen Traumfresser der Stadt Kindern etwas vor. Und wenn man ganz genau hinhörte, dann konnte man in den Straßen den Chor der Vorleser hören. Es war ein Chor, der ganz durcheinander ging und trotzdem harmonierte: „Das Land, in dem Lukas der Lokomotivführer lebte, hieß Lummerland und war nur sehr klein. Es waren einmal ein kleiner Bär und ein kleiner Tiger, die lebten unten am Fluss. In der Nacht, als Ronja geboren wurde, rollte der Donner über die Berge. In alten Zeiten, als die Menschen noch in ganz anderen Sprachen redeten, gab es in den warmen Ländern schon große und prächtige Städte." Die Kinder hörten zu und überall in der großen Stadt entstanden kleine, leuchtend bunte Träume, die ihren Weg durch die Nacht begannen, um zu den Kindern zu fliegen, zu denen sie gehörten.

Artaios besuchte in dieser Nacht noch zwei andere Kinder und die anderen Traumfresser taten das auch, und so wurden es immer mehr Träume. Die Nacht war voll davon. Es war, als läge ein Zauber über der Stadt. Und weil Kinder, denen vorgelesen wurde, später selber lasen, gab es seither immer genug Träume für alle. – Für die Kinder und für die Traumfresser.

Und es geschah noch etwas: Auch die Traumfresser der Dombande fraßen jetzt nicht mehr nur gute Träume. Denn niemand, der den Josa mit der Zauberfiedel vorgelesen hat, kann ein schlechter Mensch bleiben – oder ein böser Traumfresser.

Als Artaios spät in dieser Nacht nach Hause kam und mit den anderen über seine Erlebnisse sprach, da hörten die Traumfresser auf dem Dach des Hauptbahnhofs von Ferne ein Pfeifen und Schnaufen. Es kam näher. Und dann fuhr eine Dampflokomotive in den Hauptbahnhof ein. Die Traumfresser flogen hinunter zum Bahnsteig, denn eine echte Dampflokomotive hatten sie alle noch nicht gesehen.

Da öffnete sich die Tür der Lokomotive und heraus kamen ein großer starker Mann mit Pfeife und Lokomotivführermütze und ein kleiner dunkelhäutiger Junge. Sie fragten: „Seid ihr die Traumfresser?"

„Ja", antworteten Artaios und seine Freunde.

„Wir sind gekommen, um euch zu danken", sagten die Lokomotivführer. „Wir dachten schon, die Kinder würden uns vergessen – aber ihr habt uns gerettet."

Die Geschichte mit der fliegenden Windmühle

1

Der verletzte Storch

Alois Aberwitz war ein großer Erfinder. Er hatte schon eine Wolkenfangmaschine, eine Hundewaschanlage und eine Sockenfindermaschine erfunden. Seltsamerweise interessierten sich die meisten Menschen nicht für seine genialen Erfindungen.

Aberwitz wohnte seit Kurzem in einer Bockwindmühle. Eine Bockwindmühle ist ein zweistöckiger Holzkasten mit Spitzdach, der auf vier schrägen Pfeilern ruht und natürlich Windmühlenflügel hat. Aber die Mühle von Alois Aberwitz war natürlich keine gewöhnliche Windmühle.

Er hatte ein paar technische Verbesserungen vorgenommen. Es war seine neueste Erfindung und er war sehr stolz darauf. Dort, wo bei einer normalen Windmühle das Mahlwerk ist, waren bei seiner Mühle Stahlfedern. Wenn der Wind die Flügel der Mühle drehte, wurden die Stahlfedern aufgezogen. Das war der eine Teil seiner Erfindung.

Der zweite Teil war eine Vorrichtung, mit der man die Windmühlenflügel auf das Dach der Mühle drehen konnte, sodass sie waagerecht standen, und schon hatte man einen Propeller. Die aufgezogenen Stahlfedern trieben den Propeller an und so konnte die Mühle fliegen. Aberwitz war mit der Windmühle zu Testzwecken ein paar Mal um die Wiese geflogen, auf der die Mühle stand, und es hatte funktioniert.

An einem Samstagmorgen im Spätsommer bekam Alois Aberwitz Besuch von seinem Freund Erik, mit dem er im Frühsommer den Atlantik in einem Luftschiff überquert hatte. Erik war acht Jahre alt und war gerade in die dritte Klasse gekommen. Aberwitz führte ihn durch die Windmühle und erklärte ihm seine Erfindung.

„Mit diesem Hebel kannst du nach vorwärts und rückwärts lenken und mit dem anderen nach links und rechts. Wenn die Spannung einer Feder nachlässt, ziehst du einen dieser Hebel. Damit kannst du auf die nächste gespannte Feder umschalten."

Erik war beeindruckt. Aberwitz zog an einem großen Hebel und die Windmühlenflügel drehten sich über dem Dach der Mühle.

Es gab ein ohrenbetäubendes Quietschen und die Mühle wackelte etwas. Dann ließ Aberwitz die Antriebsachse in den Propeller einrasten, gab Schub und die Mühle hob ab. Sie flogen eine kleine Runde über die Wiese. Dabei bemerkte Erik einen großen Vogel, der auf der Wiese herumlief und mit den Flügeln schlug. Doch es gelang ihm nicht abzuheben.
Als die Mühle wieder gelandet war, gingen Erik und Aberwitz zu dem Vogel hin. Es war ein junger Weißstorch.

„Er hält den einen Flügel komisch", sagte Erik.

„Ja", meinte Aberwitz. „Er scheint verletzt zu sein."

„Er müsste um diese Jahreszeit eigentlich mit den anderen Störchen nach Afrika fliegen, um dort den Winter zu verbringen."

„Wir müssen ihm helfen", sagte Erik entschlossen.

„Das müssen wir", stimmte der alte Erfinder zu.

„Verstehst du etwas von Störchen?", fragte er.

„Nein", sagte Erik. „Aber wozu gibt es Bücher?"

Sie ließen den Storch erst einmal auf der Wiese zurück und fuhren mit dem Auto nach Bonn. Dort gingen sie in die Universitätsbibliothek und liehen sich alle Bücher über Störche aus. Das war ein ziemlicher Berg. In einem schönen Café machten sie sich daran, sie zu lesen.

Nach zwei Stunden sagte Erik: „Alles klar!"

„Alles klar!", stimmte Aberwitz zu.

Sie wussten jetzt alles, was sie wissen mussten, um dem Storch zu helfen. Als Erstes fuhren sie zu einer Zoohandlung und kauften alles ein, was Störche gerne fressen mögen: Regenwürmer, Insekten, Frösche und Mäuse. Dann fuhren sie zur Windmühle zurück

Als sie ankamen, saß der junge Vogel immer noch auf der Wiese und wirkte hilflos. Sie packten das Futter aus. Da wurde der Storch ganz aufgeregt und begann mit großem Appetit zu futtern.

„Wo sind denn bloß seine Eltern?", fragte Erik, als sie ihm beim Essen zusahen.

„Wahrscheinlich auf dem Weg nach Afrika. Sie mussten ihn wohl zurücklassen, weil er nicht mehr fliegen kann", meinte Aberwitz ernst.

„Dann kümmern wir uns um ihn", sagte Erik.

„Wir könnten ihn bei einer Vogelrettungsstation abgeben. Dort würde man ihn gesund pflegen und irgendwann auswildern", überlegte Aberwitz. „Das Problem ist nur: Störche, die in Gefangenschaft aufgezogen und dann ausgewildert werden, lernen nie mehr das Zugverhalten. Sie bleiben im Winter in Mitteleuropa. Und viele Störche überleben einen deutschen Winter nicht. Das stand in einem der Bücher."

„Wir können doch fliegen", sagte Erik. „Wir nehmen ihn mit, holen die anderen Störche ein und bis dahin kann er bestimmt auch wieder fliegen. Dann kann er mit nach Afrika."

„Dass ich da nicht selbst drauf gekommen bin", sagte Aberwitz.

„Dann braucht er aber auch einen Namen."

„Wie wär's mit Paul?", schlug Erik vor.

„Ja, das ist ein guter Name. Er sieht auch aus wie ein Paul."

„Gut, dann päppelst du ihn weiter auf und nächstes Wochenende komme ich wieder und dann fliegen wir den Störchen hinterher. Wir wissen aus den Büchern, wo sie langfliegen. Da wir Paul im Rheinland gefunden haben, ist er wahrscheinlich ein sogenannter Westzieher. Diese Störche überqueren bei Gibraltar das Meer und fliegen nach Westafrika. Also fliegen wir nach Südwesten und versuchen die anderen Störche irgendwo in Frankreich einzuholen. Dann kann Paul mit ihnen weiterfliegen."

„Super!", rief Erik.

„Aber was ist mit der Schule?", fragte Aberwitz.

„Ach, Schule wird überschätzt. Wenn ich immer zur Schule gehen würde, hätte ich auch nicht als blinder Passagier auf einem Luftschiff über den Atlantik fliegen können, und dabei haben wir doch beide auch eine Menge gelernt."

„Dann ist es abgemacht", sagte Aberwitz. „Bis nächstes Wochenende."

2

Den Störchen hinterher

Eine Woche später war Erik wieder da. Die Windmühlenflügel drehten sich langsam im Wind. Paul konnte inzwischen ein bisschen herumflattern, aber noch nicht richtig fliegen. Er hatte sich im Laufe der Woche an die Nähe von Aberwitz gewöhnt. Darum konnte der ihn auf den Arm nehmen und in die Windmühle bringen. Aberwitz hatte Vorräte für die Reise eingekauft und in der Mühle verstaut. Auch Futter für Paul war reichlich vorhanden.

„Die Antriebsfedern sind gespannt. Es kann losgehen", sagte Aberwitz. „Willst du immer noch mit?"
„Klar!", rief Erik. „Die Schule kommt ein paar Tage ohne mich klar."

Wieder zog Aberwitz an dem großen Hebel. Wieder quietschte es. Die Windmühlenflügel drehten sich auf das Dach, die Antriebsachse rastete ein und der Propeller begann sich zu drehen. Langsam stiegen sie auf. Paul wusste nicht, was da vor sich ging, und war sehr aufgeregt.

Am ersten Tag flogen sie über die Eifel und landeten auf einer Bergspitze hoch über der Mosel. Das Navigieren war einfacher als bei einem Atlantikflug, denn sie konnten sich an Landmarken orientieren. Nach der Landung stellten sie die Windmühlenflügel wieder senkrecht, sodass der Wind sie treiben konnte und die Federn für die nächste Etappe gespannt wurden. Dafür mussten sie die Windmühle jedoch erst mal in den Wind drehen. Das war anstrengend. Bei einer Bockwindmühle steht nämlich nur der Bock fest auf dem Boden. Der ganze Körper der Mühle ist dagegen drehbar.

Paul wirkte traurig.
„Er vermisst bestimmt seine Familie", sagte Erik.
„Ja", meinte Aberwitz, „er hat nur noch uns."

In den folgenden Tagen folgten sie dem Lauf der Mosel flussaufwärts und kamen nach Lothringen. Das liegt in Frankreich. Sie flogen über grüne Wälder und Weiden und über goldene Getreidefelder. Paul wurde immer stärker und bald stürzte er sich während der Flüge vom Fensterbrett der Mühle in die Luft und flog selbst kleine Strecken. Seine Flügel waren noch nicht stark genug, um die ganze Zeit zu fliegen. Deshalb landete er immer wieder auf dem Fensterbrett, um sich auszuruhen, aber jeden Tag schaffte er es etwas länger, in der Luft zu sein, als am Tag zuvor.

„Bald kann er alleine fliegen", sagte Erik. „Wir müssen nur noch die anderen Störche einholen, damit er den Weg nach Afrika findet."

Wenn die Mühle in einer Flussaue oder auf einer Feuchtwiese landete, suchte Paul sich nun auch selber Futter. Bald würde er wieder alles können, was ein Storch in freier Wildbahn können muss.

Als sie über Burgund flogen, sahen sie aus der Luft viele alte Burgen und Schlösser und kleine Städtchen mit schön gedeckten Dächern. Sie sahen unter sich auch ein paar Mühlen, die nicht fliegen konnten. Je weiter sie nach Süden kamen, desto wärmer wurde es. „Ich liebe Frankreich", sagte Aberwitz, als er seinen Pullover auszog.

Ihr Flug mit der Mühle blieb nicht unbemerkt. Einige Menschen starrten in den Himmel und trauten ihren Augen nicht. Die Ersten, die bei den Zeitungen und Fernsehsendern anriefen und sagten, dass sie eine fliegende Windmühle gesehen hatten, wurden noch als Verrückte abgetan. Doch irgendwann waren es so viele, dass einige Journalisten der Sache nachgingen. Da die Journalisten nicht wussten, wohin die Mühle flog, war die Verfolgung allerdings schwierig.

Nachdem sie Burgund hinter sich gelassen hatten, folgten Aberwitz, Erik und Paul dem Lauf der Rhone Richtung Mittelmeer. Unter ihnen breitete sich die Provence mit ihren lila Feldern aus. Sie waren im Land aus Licht und Lavendelduft. Als sie wieder einmal landeten, blies plötzlich ein kräftiger kalter Wind aus Norden. „Das ist der Mistral", erklärte Aberwitz. „Der gehört zur Provence dazu."

So drehten sie an diesem Nachmittag die Windmühlenflügel in den Mistral, der die Flügel mächtig antrieb, sodass am nächsten Morgen alle Stahlfedern kräftig aufgezogen waren. In den folgenden Tagen sahen sie unter sich Avignon mit seiner berühmten Brücke und dem Papstpalast mit seinen vielen Türmchen vorbeiziehen und dann Arles mit seinem gewaltigen römischen Amphitheater.

Inzwischen musste Paul sich während ihrer Flüge gar nicht mehr ausruhen, sondern konnte ganz allein fliegen. Jetzt kam es nur noch darauf an, die anderen Störche auf ihrem Weg nach Süden einzuholen, damit sie Paul den Weg nach Afrika zeigten.

Schließlich wichen die Berge, die die Rhone begleitet hatten, zurück und unter ihnen streckte sich flach und weit die Camargue aus. Sie sahen eine Herde von Wildpferden und Weiden mit Stieren. Überall waren überflutete Wiesen. Hier fühlte Paul sich wohl. Für ihn war die Camargue ein gedeckter Tisch. Und schließlich rief Erik „Die Störche! Da vor uns! Wir haben sie eingeholt!"
„Das wurde auch Zeit!", meinte Aberwitz. „Ich dachte schon, wir müssen bis nach Afrika fliegen."

Als die Störche landeten, landete auch die Windmühle. Sie befanden sich am Rande einer Kleinstadt. Paul begab sich auf den nassen Wiesen der Umgebung sofort auf Nahrungssuche und schien sich über die vielen Artgenossen zu freuen.

„Unsere Reise endet hier", sagte Aberwitz. „Lass uns in die Stadt gehen und Postkarten an unsere Freunde schicken."
„Au ja", sagte Erik.

Sie wanderten durch schmale gewundene Straßen, vorbei an unverputzten Häusern, an denen Schilder hingen, auf denen „Boulangerie" oder „Charcuterie" stand. In den Schaufenstern hingen köstliche Schinken und Würste. Sie kauften sich viele leckere Sachen für den Rückflug und bei der Poststation im Zentrum des Ortes Postkarten und Briefmarken. Dann setzten sie sich auf die Terrasse eines Bistros und schrieben an ihre Freunde und Verwandten. An ihren Freund Yaqi in Mexiko schrieben sie eine besonders schöne Karte.

Doch nicht nur sie hatten die Störche eingeholt. Sie selbst waren von den Journalisten eingeholt worden. Als sie zur Mühle zurückkamen, war sie umringt von Kamerateams und Menschen mit Blöcken und Mikrofonen.

„Da sind sie!", rief jemand und die ganze Meute umringte sie. Erik, Aberwitz und Paul wurden fotografiert, gefilmt und interviewt. Aberwitz genoss es, sich vor seiner Windmühle fotografieren zu lassen. Erik war es etwas unangenehm und Paul klapperte ganz aufgeregt mit dem Schnabel. Aberwitz erklärte geduldig auf Französisch, Englisch und Deutsch, was sie hier machten und dass sie nun endlich die Störche gefunden hatten, dass Paul von nun an mit den anderen Störchen fliegen könnte und dass deshalb ihre Reise hier endete. Es gab auch viele Fragen zur fliegenden Windmühle.

„Sehen Sie sich als Luftfahrtpionier?", wollte eine Journalistin wissen.

Aberwitz fühlte sich geschmeichelt. Es war das erste Mal, dass sich Menschen für eine seiner Erfindungen interessierten.

„Ja", sagte Aberwitz. „Charles Lindbergh hat als Erster den Atlantik in einem Flugzeug überquert, aber noch niemand vor uns hat Frankreich in einer Windmühle überquert."

Nachdem die Journalisten alle ihre Fragen gestellt und alle ihre Bilder im Kasten hatten, löste sich die Menge auf. Nur ein Mann blieb zurück.

Paul hatte es sich inzwischen im Schatten der Windmühle bequem gemacht. Der Mann ging auf Erik und Aberwitz zu.
„Das ist der Storch, um den es geht?", fragte er, „der berühmte Paul?"
„Ja", sagte Erik.
„Gestatten Sie, dass ich mich vorstelle", sagte der Mann in gar nicht so schlechtem Deutsch. „Ich heiße Bonmot, ich bin Wissenschaftsjournalist bei Le Monde."
„Aha", machte Aberwitz.
„Ich habe Biologie studiert", fuhr der Mann fort. „Ihr Paul ist ein Weibchen."
„Donnerwetter!", entfuhr es Aberwitz. „Na ja, dann ist es eben eine Paula."
„Oder eine Pauline", sagte Erik.
„Jedenfalls ist es großartig, was Sie gemacht haben. Einen verletzten Storch auf den Weg nach Afrika zu bringen – das hätte

nicht jeder getan", sagte der Wissenschaftsjournalist und verabschiedete sich freundlich.

Erik und Aberwitz lagen in dieser Nacht noch lange wach. Am nächsten Morgen würde Pauline mit ihren Artgenossen nach Afrika losfliegen. Die abenteuerliche Reise mit der Windmühle war hier zu Ende. Morgen würden sie nach Hause fliegen.

3
Das Wiedersehen

Als die Störche am nächsten Morgen aufbrachen, erlebten Erik und Aberwitz eine böse Überraschung: Pauline stand vor der Windmühle auf einem Bein im Gras und machte keinerlei Anstalten zu fliegen.

„Los, Pauline, flieg!", rief Erik ihr zu, doch sie drehte nur den Kopf und blieb, wo sie war.

„Verdammt!", sagte Aberwitz, „Pauline hat nie gelernt, den anderen Störchen zu folgen. Sie folgt anscheinend nur der Windmühle. Sie betrachtet uns wohl als ihre Ersatzeltern. Vielleicht müssen wir noch ein wenig mit den Störchen fliegen, bis sie lernt, dem Schwarm zu folgen."

„Das wäre möglich", meinte Erik. „Die anderen Störche sind noch nicht weit weg. Wenn wir gleich losfliegen, haben wir sie in zehn Minuten eingeholt."

Gesagt getan. Aberwitz startete die Windmühle und sie stiegen in die Luft. Pauline folgte ihnen sofort. Bald hatten sie den Schwarm wieder eingeholt. Sie flogen in Richtung Spanien. Während des Fluges konnten sie ein beeindruckendes Schauspiel erleben. Sie trafen nun auf andere Storchengruppen, die in der gleichen Richtung unterwegs waren und sich dem Schwarm anschlossen. Jeder Schwarm bildete ein V. Wenn zwei Schwärme sich vereinigten, gab es ein kleines Durcheinander in der Luft, bis sich ein größeres V gebildet hatte.

Sie flogen am östlichen Rand der Pyrenäen entlang. Unter ihnen sahen sie das schöne Carcassonne mit seiner mittelalterlichen Stadtmauer. Auf der linken Seite konnten sie das glitzernde Mittelmeer sehen. Als sie am späten Nachmittag landeten, bestand der Schwarm schon aus über hundert Vögeln.
„Wir müssten jetzt in Spanien sein", meinte Aberwitz.

Und ob sie in Spanien waren! Denn da kam ein Auto der spanischen Polizei über die Landstraße gerollt. Zwei Polizisten stiegen aus und kamen auf die Windmühle zu.
„Was wollen die bloß hier?", fragte Erik.
„Nichts Gutes, fürchte ich", sagte Aberwitz.

Die Polizisten bahnten sich einen Weg durch die hundert Störche und bauten sich vor der Mühle auf.
„Polizei! Kommen Sie heraus!", rief der kleinere der beiden Polizisten auf Englisch.
Aberwitz klappte die kleine Leiter hinunter und kletterte hinab.
„Sie sind vorläufig festgenommen", sagte einer der Polizisten.
„Warum das denn?", fragte Aberwitz verständnislos.

„Wegen gefährlichen Eingriffs in den Luftverkehr", sagte der Polizist.

„Wegen meiner fliegenden Windmühle? Die gefährdet doch niemanden. Und in Frankreich hat das überhaupt niemanden gestört!"

„Das war Frankreich", sagte der Polizist. „Hier ist Spanien. Hier gelten Regeln. Ich muss Sie bitten mitzukommen."

„Und der Junge?"

„Der interessiert uns nicht", erklärte der Polizist.

Aberwitz verabschiedete sich kurz von Erik, der verwirrt in der Tür der Mühle stand. Da er kein Englisch konnte, hatte er überhaupt nicht verstanden, was los war.

„Erik", sagte Aberwitz. „Egal, was passiert – bleibe auf jeden Fall hier und warte auf mich."

„Ja", sagte Erik.

Dann stieg Aberwitz mit den Polizisten ins Auto und sie fuhren davon. Erik blieb mit Pauline ratlos zurück. Er wartete den ganzen Abend auf einen Anruf von Aberwitz, aber der rief nicht an.

Am nächsten Tag brachen die Störche auf. Aberwitz hatte gesagt, Erik sollte hier warten – aber wie lange? Was, wenn die Polizei Aberwitz einfach dabehielt? Und wenn Erik die Störche jetzt ziehen ließ und mit Pauline hier zurückblieb, dann würden sie den Schwarm aus den Augen verlieren. Vielleicht würden sie ihn gar nicht mehr wiederfinden, bevor der die Meerenge von Gibraltar überquerte. Erik überlegte hin und her. Dann entschied er sich: Er würde mit den Störchen fliegen!

Als Erstes musste er die senkrecht stehenden Windmühlenflügel waagerecht über das Dach drehen. Das ging mit dem großen, schweren Hebel. Erik zog mit aller Kraft. Als er schon dachte, er würde es nicht schaffen, gelang es ihm doch. Es quietschte und die Flügel drehten sich als Propeller aufs Dach. Dann ließ Erik die Antriebsachse einrasten. Jetzt ließ er die Windmühle aufsteigen ... und es funktionierte. Er flog die Mühle allein.

Pauline folgte ihm sofort. Unterwegs schloss sich der Schwarm mit einem weiteren Schwarm zusammen. Nun waren es etwa zweihundert Störche. Erik sah immer wieder auf die Karte, um sich zu orientieren. Ein paar Mal wusste er nicht mehr, wo er war, aber schließlich landeten die Störche an einem großen Fluss. Das konnte nur der Ebro sein.

Und dann rief endlich Aberwitz an. „Ich bin da, wo wir gestern gelandet sind", sagte er wütend. „Wo bist du? Wo ist meine Windmühle? Wo ist Pauline?"

„Wir sind am Ebro", sagte Erik. Er nannte den Namen des nächsten kleinen Ortes, der auf der Karte verzeichnet war.

„Ich komme!", rief Aberwitz ins Telefon und legte auf.

Eineinhalb Stunden später, als bereits die Dämmerung über die Wiesen am Ebro fiel, rollte ein Taxi heran und Aberwitz stieg aus.

„Du bist frei!", rief Erik.

„Ja", sagte Aberwitz. „Irgendjemand bei der Polizei hat der Presse die Geschichte von meiner Festnahme gesteckt. Heute Morgen waren alle Zeitungen voll davon, dass der berühmte Storchenretter Alois Aberwitz festgenommen wurde. Das war der Polizei so unangenehm, dass sie mich freigelassen haben unter der Auflage, dass ich nicht weiter in Spanien herumfliege."

„Zum Glück bist du wieder da", sagte Erik erleichtert.

Sie setzten sich vor der Mühle ins Gras und beobachteten Pauline, die mit ihrem Schnabel am Boden nach Insekten schnappte. Und dann geschah etwas Wunderbares. Plötzlich war Pauline von drei anderen Störchen umringt, die sie sanft stupsten. Es waren zwei Altvögel und ein Jungtier.

„Guck mal", rief Erik. „Ich glaube, Pauline hat ihre Familie wiedergefunden!"

„Das glaube ich auch", meinte Aberwitz. „Dann können wir ja morgen wirklich nach Hause."

Am nächsten Morgen flog Pauline mit ihrer neuen Familie und den anderen Störchen in Richtung Afrika und Aberwitz mietete einen Tieflader, mit dem sie die Mühle nach Deutschland zurückbrachten, ohne zu fliegen. Sie hatten es geschafft und sie waren sehr zufrieden mit ihrem Abenteuer.

Die Propeller-düsenballonlikopter-flugmaschine

1
Kolya sammelt Schrott

Kolya war ein seltsamer Mensch. Immer wenn er kaputte Sachen sah, sagte er zu sich: Das ist aber schön kaputt, das kann man bestimmt noch mal gut gebrauchen. Da hatte er recht, denn meistens ist ja bei kaputten Sachen nur ein Teil kaputt und die anderen Teile funktionieren noch wunderbar. Irgendwann findet man vielleicht etwas anderes Kaputtes, wo man genau so ein funktionierendes Teil aus einer kaputten Sache einbauen kann und dann funktioniert es wieder.

Aber vielleicht übertrieb Kolya es ein wenig. Er suchte regelrecht nach kaputten Sachen – auf dem Sperrmüll, auf dem Schrottplatz, bei Freunden. Und nie baute er ein funktionierendes Teil aus einer kaputten Sache irgendwo anders ein, weil er einfach keine kaputten Sachen fand, bei denen genau das Teil kaputt war, das er vorrätig hatte. Immer dachte er: Dieses Teil fehlt mir noch, ich muss weitersammeln.

Einmal fand er eine kaputte Lampe. Er sagte: „Das ist aber eine schön kaputte Lampe, die kann man bestimmt noch mal gut gebrauchen." Ein anderes Mal fand er einen kaputten Staubsauger. Da sagte er: „Das ist aber ein schön kaputter Staubsauger, den kann man bestimmt noch mal gut gebrauchen." Und einmal ging er zum Schrottplatz, weil er eine Zündkerze brauchte. Aber dann sah er den Motor, den man bestimmt auch noch mal gut gebrauchen konnte und das Getriebe, das man bestimmt auch noch mal gut gebrauchen konnte. Schließlich schweißte er die Karosserie auseinander und nahm ihre Einzelteile mit, weil man eine kaputte Karosserie bestimmt noch einmal gut gebrauchen konnte.

Weil Kolya immer so viele kaputte Sachen mit nach Hause brachte, war seine ganze Wohnung irgendwann voll davon, sodass er sich kaum noch darin bewegen konnte. Wo keine kaputten Sachen standen, waren Regale voller Schrauben, Muttern, Muffen und Flanschen, LED-Lämpchen, Transformatoren, Akkus, Steckern und Schaltern. Als alle Wände vollgestellt waren, stellte Kolya auch Regale und kaputte Sachen mitten in die Zimmer, sodass nur schmale Gassen zwischen ihnen frei blieben. Und so wurde es in seiner Wohnung immer enger. Schließlich hatte Kolya in seiner Wohnung keinen Platz mehr zum Leben und er musste auf dem Balkon schlafen.

Die Nachbarskinder Lukas und Lara aus seinem Haus machten sich über ihn lustig und ärgerten ihn gerne, weil er so seltsam war. Sie riefen ihm Schrottkolya oder Kaputtkolya hinterher, wenn er wieder mit irgendeiner kaputten Sache nach Hause kam. Manchmal beschossen sie ihn auch mit Kirschkernen aus ihrer Zwille. Kolya ignorierte das. Da er nicht so gut Deutsch konnte, konnte er ohnehin nicht viel dazu sagen.

2
Kolya räumt auf

Eines Tages reiste Kolya im Urlaub in seine ferne Heimat. Dort lernte er eine Frau kennen. Sie hieß Irina und die beiden verliebten sich. Als er nach Deutschland zurückkehren musste, sagte sie: „Ich komme dich bald besuchen."

Das machte Kolya Sorgen. Was würde Irina dazu sagen, wenn sie seine Wohnung sehen würde? Was würde sie dazu sagen, wenn sie auf dem Balkon schlafen musste, weil es in der ganzen Wohnung keinen Platz mehr gab? So kam es, dass er immer wieder Gründe fand, ihren Besuch zu verschieben.

Irina wurde langsam misstrauisch, denn sie glaubte allmählich, dass er in Deutschland mit einer anderen Frau zusammenlebte, und so konnte Kolya ihren Besuch nicht mehr länger verschieben. Das hieß: Er musste aufräumen. Aber er konnte sich von seinen kaputten Sachen nicht trennen, denn die konnte man bestimmt noch mal gut gebrauchen.

Er schwankte einige Tage zwischen seiner Liebe zu Irina und der Liebe zu seinen kaputten Sachen. Doch dann, als er schon ganz verzweifelt war, kam ihm eine Idee: Er würde eine Maschine bauen, in die er all seine kaputten Sachen einbauen konnte. Natürlich musste diese Maschine erst erfunden werden, das war klar, aber das machte Kolya keine Sorgen, denn er hatte mal Maschinenbau studiert.

Er begann sofort zu erfinden und Pläne zu zeichnen, und nach zwei Tagen und zwei Nächten hatte er einen Bauplan für eine Maschine fertig, bei der er alle funktionierenden Teile seiner kaputten Sachen einbauen konnte. Er nannte sie Propellerdüsenballonlikopterflugmaschine. Natürlich fehlten ihm dafür nun doch noch ein paar Teile, sodass er im Baumarkt und im Internet die fehlenden Stücke zusammenkaufte.

Irina wollte in drei Tagen zu Besuch kommen. Bis dahin baute Kolya fieberhaft im Garten an seiner Maschine. Lukas und Lara beobachteten ihn und fanden, dass er noch verrückter war als früher. Während er baute, lachten sie über ihn und beschossen ihn aus dem Fenster wieder mit Kirschkernen. Kolya nahm das kaum wahr, weil er so konzentriert baute.

Irina wollte um fünfzehn Uhr kommen. Die Zeit wurde knapp und Kolya hatte noch immer so viele Teile, die er einbauen musste. Doch um fünf Minuten vor drei baute er das letzte Teil ein. Die Maschine war fertig und in seiner Wohnung war wieder

Platz. Am nächsten Tag wollte er seine Maschine testen. Mit Irina an seiner Seite.

Kaum war Kolya wieder in seiner Wohnung, da klingelte es und Irina stand vor der Tür. Lukas und Lara aber waren nun doch neugierig geworden, was das für eine Maschine war, die da im Garten stand. Sie glaubten natürlich nicht, dass sie funktionierte, aber sie wollten sie sich einmal ansehen.

Während Kolya Irina seine Wohnung zeigte und sie immer wieder sagte „Wie schön es hier ist", gingen Lukas und Lara in den Garten und sahen sich die unglaubliche Maschine an. Die Maschine hatte einen Propeller und Flügel mit sechs Düsen, die entfernt an einen Föhn erinnerten, ein Führerhäuschen, das aussah wie eine Autokarosserie, einen schlaffen Sack über dem Führerhäuschen, einen Rotor an einer langen Stange über dem Dach und einen Heckpropeller, der über Ketten mit einem Fahrradrahmen verbunden war. Lukas und Lara liefen ein paar Mal um die Maschine herum, die den halben Garten einnahm. Aber damit wuchs ihre Neugier nur noch mehr. Die Tür des Führerhäuschens war nicht verschlossen.

„Die Türe ist offen!", rief Lukas seiner Schwester zu. „Komm, lass uns mal reingehen."

Lukas und Lara kletterten ins Führerhäuschen hinein.

„Wow", machte Lara. „Sieh dir mal die ganzen Hebel an!"

„Wozu der wohl gut ist?", fragte Lukas.

„Fass nichts an, sonst geht die Maschine noch los, oder sie explodiert!", meinte Lara.

„Quatsch, das Ding funktioniert doch sowieso nicht. Kolya ist ein Schwachkopf, der baut doch keine Maschine, die wirklich funktioniert."

Dann zog Lukas an einem der seltsam aussehenden Hebel. Er erinnerte an ein altes Bügeleisen.

Ein dumpfes Grollen kam aus der Maschine.

„Mach aus!", bettelte Lara.

„Es passiert doch gar nichts", beruhigte Lukas.

Doch nun wanderten wieder Schatten über den Rasen um die Maschine. Erst langsam, dann immer schneller.

„Was sind das für Schatten?", fragte Lara.

Lukas sah sie, plötzlich blass geworden, an. „Ich glaube, das ist der Rotor. Raus hier, bevor das Ding abhebt!"

Doch nun klemmte die alte Autotür, die Kolya an das Führerhaus gebaut hatte.

„Los, mach auf!", rief Lara.

„Es klemmt!", stieß Lukas hervor.

Die Rotorblätter drehten sich immer schneller und langsam hob die Maschine ab.

3
Der Flug ins Unheil

Die Maschine hob ab, schwankte einen Meter über dem Rasen und stieg dann immer höher, während Lukas an der Türe rüttelte.

„Mach die Maschine aus!", rief Lara.

„Welchen Hebel habe ich denn gerade umgelegt?", fragte Lukas. Es gab so viele Hebel in der Führerkabine und alle standen in verschiedene Richtungen.

„Ich glaube, der war's."

„Nein, der nicht."

„Dann vielleicht der."

Lukas zog an einem Hebel, der aussah wie ein altes Mikrofon. Doch das verschlimmerte ihre Lage nur noch mehr. Nun begann ein zweiter Motor zu grollen. Der Propeller an der Frontseite der Maschine begann sich zu drehen und die Maschine flog geradeaus davon. Kaum hatten sich Lukas und Lara versehen, waren sie schon über die Gartenmauer geflogen. Nun bekamen sie richtig Angst. Sie flogen durch die Luft, immer höher und immer schneller.

„Abschalten können wir nicht mehr", stellte Lara fest, „sonst stürzen wir ab. Wir müssen irgendwie versuchen, das Ding zu lenken."

„Aber womit? Ich sehe nur lauter Hebel und bisher hat jeder Hebel unsere Lage verschlimmert", antwortete Lukas und ein panischer Unterton lag in seiner Stimme.

„Wir müssen es versuchen. Schlimmer kann es ja nicht mehr werden", meinte Lara.

„Also gut. Du ziehst den nächsten Hebel", sagte Lukas. „Ich habe mit meinen Hebeln ja bisher kein Glück gehabt." Lara drückte einen Schalter, der aussah wie ein Lichtschalter. Damit gingen die Positionslichter an, die aus alten Wohnzimmerlampen bestanden. Immer verzweifelter probierten sie alle Hebel aus. Beim einen gingen die Düsen an, sodass  sie immer schneller wurden, bei einem anderen setzten sich vier alte Staubsauger in Gang, die den Sack über dem Führerhäuschen mit Heißluft zu einem Ballon aufbliesen. Die Flugmaschine flog hoch und schnell dahin, immer weiter weg von zu Hause. Schließlich, nachdem sie alle Hebel ausprobiert hatten, entdeckten sie die vier Hebel, mit denen man nach links und rechts, oben und unten steuern konnte. Gemeinsam übernahmen sie die Steuerung und lenkten die Flugmaschine zurück in Richtung des heimatlichen Gartens.

Als sie dort ankamen, stellte sich jedoch die schwierigste Aufgabe: Die Landung. Als Erstes schalteten sie den Propeller und die Düsen ab. Dann schwebten sie durch die Kraft des Rotors und des Heißluftballons zehn Meter über dem Garten. Es gelang ihnen, den Rotor abzustellen.

Nun kam es darauf an, kontrolliert die Luft aus dem Ballon abzulassen. Lukas zog an einer Schnur und eine riesige Menge Luft schoss aus dem Ballon. Das war zu viel gewesen. Sie sanken viel zu schnell dem Boden entgegen.

„Hilfe!", riefen Lukas und Lara wie aus einem Mund. Jetzt krachte die Flugmaschine mit lautem Gerumpel auf den Boden. Alles in der Maschine knackte und dann fiel die Maschine in sich zusammen. Alle Einzelteile lösten sich, sogar die Tür des Führerhäuschens, die vorhin so festgeklemmt war, fiel einfach heraus.

Die Maschine war kaputt, aber Lukas und Lara waren erleichtert, dass sie noch lebten und dass sie wieder auf dem Boden waren.

„Schöne Scheiße!", sagte Lara, nachdem sie aus dem Trümmerhaufen herausgeklettert war.

„Das kannst du wohl laut sagen!", bestätigte Lukas. „Aber wer hätte denn ahnen können, dass so ein Spinner wie der Kolya eine Maschine aus Schrott baut, die wirklich funktioniert?"

„Was jetzt?", fragte Lara.

„Ich fürchte, wir müssen bei Kolya klingeln und ihm sagen, dass wir seine Maschine kaputt gemacht haben."

„Jetzt sind wir sozusagen Schrottlara und Kaputtlukas."

Schweren Herzens gingen sie ins Haus und die Stufen hinauf zu Kolyas Wohnung. Sie klingelten. Kolya öffnete.

„Entschuldigen Sie, Herr Kolya. Wir müssen Ihnen was sagen. Wir sind mit Ihrer Maschine geflogen und dabei ist sie leider zu Schrott gegangen", brummelte Lukas und sah dabei auf den Boden.

„Die Maschine ist geflogen?", rief Kolya begeistert. „Wie fliegt sie sich?"

„Schnell und hoch. Wir hatten ganz schöne Angst. Wir wussten nicht, wie man die Maschine steuert. Und bei der Landung ist dann alles auseinandergefallen."

Kolya wusste nicht, ob er wütend sein sollte, weil Lukas und Lara seine Maschine gestohlen hatten, oder traurig, weil die Maschine kaputt war, oder glücklich, weil sie funktioniert hatte. Schließlich sagte er: „Ich habe ja noch den Bauplan. Das Wichtigste ist, dass wir die Teile gut und trocken lagern. Helft mir, alles in meine Wohnung zu bringen."

Und das taten sie. Auch Irina half mit. Als es dunkel wurde, waren sie fertig und Kolyas Wohnung war wieder bis oben hin mit Schrott gefüllt. In dieser Nacht schlief Irina an Kolyas Seite auf dem Balkon unter den Sternen und fand es sehr romantisch.

Am nächsten Morgen machte Kolya sich daran, die Teile wieder zusammenzubauen, und Irina half ihm. Dann kamen Lukas und Lara in den Garten und fragten: „Dürfen wir auch helfen? Wir wollten uns auch entschuldigen, weil wir Sie immer Schrottkolya und Kaputtkolya genannt haben. Sie waren so seltsam, wir wussten nicht, dass Sie ein Genie sind."

„Entschuldigung angenommen. Ihr dürft helfen", sagte Kolya. Und dann bauten sie nach Kolyas Plänen die Maschine noch einmal. Aber dieses Mal alle zusammen.